AF198722

Ernestine Holms

Frau Hühnermeyer oder Die Sekretärin, Band I

Der Sprung durch die Küche, Band II

Anhang: Anne, 17 Jahre

Erstausgabe 2019 ● Sonderausgabe

Für Stephan und Marion

Bibliografische Information der Deutschen Nationalbibliothek:
Die Deutsche Nationalbibliothek verzeichnet diese Publikation in
der Deutschen Nationalbibliografie; detaillierte bibliografische
Daten sind im Internet über http://dnb.dnb.de abrufbar.

Redaktionelle Überarbeitung: **Christine Schmolck**
Layout und Umschlaggestaltung: **Christine Schmolck**
Gemälde und Zeichnungen: **Hans C. Schmolck†**
Illustrationen/Fotos Katzen Band I und II: **Peter Gaymann,
Atelier Peter Gaymann, Köln**

Herstellung und Verlag: BoD – Books on Demand, Nor-
derstedt

ISBN: 978-3-7494-3620-0

Ernestine Holms

Frau Hühnermeyer

oder Die Sekretärin

13 merk-würdige Erzählungen

Ernestine Holms

Frau Hühnermeyer oder Die Sekretärin

13 merk-würdige Erzählungen über die Unwägbarkeiten des Lebens

Band I

Für Stephan und Felix

Erstausgabe 2010

Inhaltsverzeichnis

Vorwort

Alfred Hitchcock als mein großes Vorbild und mein In-spirator, wenn man es so nennen will, hat mich schon Zeit meines Lebens fasziniert und brachte mir den Funken für mein erstes Buch. Er pflanzte den Keim, also die Idee, es so zu inszenieren, wie es nun eben geworden ist. Es sollte ein Potpourri aus vielen Situationen und emotionalen Zuständen sein, das heißt, es zeigt normale Menschen in außergewöhnlichen Situationen auf, aber auch scheinbar normale, alltägliche Situationen, in denen sich besondere Charaktere befinden, seien es Menschen oder auch Tiere, mit ihren Gefühlen und scheinbar einfachen Lösungswegen hieraus, zu beleuchten.

Ich behaupte nicht von mir selbst, ich könnte erzählen, denn das würde dem Urteil der Leserin, des Lesers vorgreifen. Es sei ihr, ihm überlassen, wie sie, er diese merk-würdigen Alltagsgeschichten beurteilen möchte. Auch könnte ich Ihnen jetzt und hier keine Märchen erfinden. Aber ich liebe es, sie zu lesen. Es ist wunderbar dieses "Es war einmal..." und "... und sie lebten glücklich bis an ihr Ende" oder heißt es 'seliges Ende'? Das klingt einfach fantastisch und rührt, jedenfalls die meisten von uns, somit auch mich, denn ich bin wie die meisten, von Herzen an. Aber was mir möglich ist, so glaube ich, dass ich mich in reale Situationen und irreale Empfindungen hineinspüren und diese wiedergeben kann. Das ist alles.

Die kleinen Erzählungen sind im Kern alle wahr. Sie halten sich an das Leben, wie es ist und wie es die jeweilige

Person in eben dieser sieht und erlebt. Die Protagonistinnen und Protagonisten sind stets unterschiedlich und ebenso frei erfunden wie wahr. Sie sind lebende Gestalten eines Traumes, eines Gefühls oder eines Erlebens. Fast immer verselbständigen sie sich unwillkürlich während des Schreibens und sind niemals objektiv, müssen dies auch nicht sein. Sie sind wie sie eben sind und machen fast immer was sie wollen. Stets überraschten sie mich während des Schreibens und wurden somit zum Abenteuer der Fantasie.

Doch auch, wenn es sich um eine wahre Begebenheit im Kern oder ein bisschen mehr als das handelt, so verändert sich das Ereignis wie von selbst. Die Leserin, der Leser möge selbst entscheiden, ob Frauen Katzen halten, weil sie einsam sind oder ob sie Beziehungen zu Katzen bevorzugen gegenüber menschlichen in „Der Kater und sein Frauchen oder Die vermeintlich Einsame. Sie/er kann sich vorbehaltlos daran erfreuen, sich unterhalten, traurig sein oder lachen und schauen, ob sich für sie/ihn darin gar eine Wahrheit, eine Wahl der wichtigsten Frage überhaupt, die des Überlebens, darin befindet oder nicht. Wahr ist, dass in allem ein Teil meiner Selbst zu finden ist, denn Schreiben ist mir ein Bedürfnis. Es ist wie Essen und Trinken, ein Glas Wein genießen. Schreiben ist ein Gewinn für die Seele: Sie kann über Wasser gehen im freien Ausdruck von Vor-stellungsvermögen, Fantasie und Erlebensfähigkeit. Am Ende mache ich es wie Alfred, der kluge Kurzhaardackel: Ich kriege ein Leckerli! Am Ende jeder Geschichte ist Freude über ein komplett entstandenes lebendiges Bild.

Lassen Sie sich von Frau Hühnermeyer inspirieren oder, wie wäre es damit: Werden Sie Vegetarier! Da sind Sie immer auf der sicheren Seite. "Das Hühnchen" lässt uns merkwürdige Gefühle beim Genuss von Geflügel erleben. Die Dokumentationen der Gegenwart in vielen TV-Sendungen lassen niemanden unberührt. Wem Fleisch und Geflügel recht schmecken wollen, dem wünsche ich Guten Appetit!

Anna hatte besonders traurige Erlebnisse, aber sie hat sich selbst nicht verloren. Ihre Geschichte ist an wahrem Erleben orientiert und hier, hoffentlich einprägsam, geschildert. Dennoch ist die kleine Erzählung nur eine Andeutung, ein Ausschnitt aus Annas Leben. Über Anna wird die Leserin, der Leser in einem einzig für sie verfassten Buch mehr erfahren dürfen. Die kleine Anna liegt mir sehr am Herzen. Nicht zuletzt aus aktuellem Anlass möchte ich ihr eine Stimme geben und ihre tragische Lebensgeschichte nicht verschweigen. Kleine Anna, starke Anna!

Frankfurt am Main, 5. April 2010

E. H.

Hallo Deutschland oder Das Hamsterrad

Hallo Deutschland! Lange nicht gesehen, wie geht es Dir?

Du fragst mich, was ich im letzten Jahr getrieben habe? Oh, ich habe eine ganze Menge gemacht. Ich erzähle dir, was ich gemacht habe und auch, was dabei herausgekommen ist. Also, das war so:

Im letzten Jahr habe ich meine Zeit mit Arbeit vertrieben.

Leider kam dabei nicht sehr viel heraus, proifitmäßig, um es in der Unternehmersprache auf den Punkt zu bringen, weil unsere Firma die Gehälter kürzen musste und zudem unser Weihnachts- und Urlaubsgeld gestrichen wurden. Damit wollte man einer drohenden Fusion oder schlimmer: Insolvenz, entgehen. Okay, das mit der Insolvenz sage ich nur, weil es zurzeit in Mode ist, sozusagen Hochkonjunktur hat. Und es kommt der tatsächlichen Situation im deutschen Lande schon ganz schön gleich, denn die Zahl privater Insolvenzen ist enorm gestiegen. Schlussendlich haben wir die Firma gerettet. Darauf sind wir natürlich stolz.

Und mein Arbeitgeber kam mir zu Hilfe, indem er mir im letzten Jahr einen Vorschuss gewährte, der mir in regelmäßigen Raten vom Gehalt abgezogen wird. Natürlich ist mein Gehalt jetzt kürzer als wie zuvor. Also habe ich mir einen Nebenjob gesucht und gefunden. Der war an sich recht schlecht bezahlt und auf freier Basis. Meine Vorträge in Seminaren hielt ich bei Ottiwana in Immelsheim. Die Fahrt dorthin dauerte eineinhalb Stunden und zurück ebenso kurz. Meine Kursteilnehmer, deren drei, kamen aus Indien und Amerika, hochkarätige Ingenieure dieser Länder und hier zuständig für Neu-Entwicklungen. Sie sollten dem Betrieb, der kurz vor der Insolvenz stand, helfen, Innovationen zu schaffen und ihn damit folglich konsolidieren. Die Ingenieure hochmotivierte Teilnehmer dieser Seminare und wollten erfolgreich bestehen. Im Übrigen gefiel es ihnen sehr gut in Deutschland, wie sie in diversen Gesprächen berichteten.

Ich fuhr täglich dorthin. Es war ein langer kalter Winter am Immelsheimer Bahnhof. Der Zug nach Hause kam jedes Mal ein paar Minuten später als im Fahrplan ausgeschrieben. Da rauchte ich eine, obwohl ich das Rauchen längst aufgeben wollte. Aber so war es irgendwie erträglicher. Vor kurzem drohte Ottiwana nun endgültig die Insolvenz oder die Fusion und ich durfte nicht mehr fünfmal in der Woche nach Immelsheim fahren. Da war ich froh, dass ich mehr Freizeit hatte und arbeitete im Büro wieder mehr.

Nun droht auch mir die Insolvenz. Eine Fusion kommt nicht in Frage. Denn das Geld reicht nicht und mein lieber Freund möchte nicht fusionieren, obwohl ich ihn inständig darum bat. Mir fehlen mindestens vierhundert Euro im Monat, um mal eine Zahl zu nennen, und dies wird mir nun möglicherweise das sprichwörtliche Genick brechen.

Doch nichtsdestotrotz gibt es auch eine sehr gute Nachricht: Ich darf mich beruflich, obwohl schon sehr qualifiziert, weiterbilden und ein Fortbildungsseminar besuchen. Ein Lob des Chefs habe ich auch bekommen, meine Arbeit sei wirklich gut! Deshalb ist es mir eine Ehre, meine Computer-Fähigkeiten – nochmals - zu erweitern. Ob ich jetzt auch mehr Gehalt bekomme? Und wenn ja, wie viel? Ob mir das dann reichen wird? Oder kündigt man mich, weil ich möglicherweise bald selbst in die Insolvenz muss? Wo ist das eigentlich, „Insolvenz"? Ist das in einem anderen Land, in einem anderen Leben?

Früher glaubte ich immer an Chancengleichheit, also die Freiheit des bzw. der Einzelnen, sein bzw. ihr Schicksal selbst lenken zu dürfen und studierte auf dem zweiten Bildungsweg, so wie es ein ehemaliger Minister dieses Landes, offensichtlich erfolgreich, auch tat. Ich legte mich schwer ins Zeug, wie man so sagt, überwand meine Greul, tagtäglich die Schulbank drücken und eine brave und fleißige Schülerin sein zu müssen und natürlich immer meine Hausaufgaben zu erledigen. Doch ich tat es letztendlich mit viel Freude und all meiner Energie. Dies ging jedoch nicht ohne finanzielle Unterstützung, da ich aus recht ärmlichen Verhältnissen komme. Also beantragte ich Bafög und bekam Bafög. Das Studium schloss ich mit Bestnote ab, wobei mir noch die Summa cum laude fehlt, der Magister musste reichen. In meinem akademischen Beruf konnte und kann ich dennoch nicht arbeiten, da ich am Ende mit rund vierzig Jahren zu alt und noch zu unerfahren war, was immer das bedeuten mag, „zu unerfahren", „zu alt". Beides stimmt nicht, weil ich kerngesund bin und an Lebens- und Berufserfahrung mangelt es mir ebenfalls nicht. Diese brauche ich auch, um all die Schwierigkeiten zu überstehen, die sich aus meiner Situation ergeben. Ich zahle jeden Monat die Raten an den Staat zurück, dem geht es ja auch nicht so gut. Fertig bin ich damit, wenn ich in Rente gehe, das dauert heutzutage ein wenig. Hallo Deutschland, ist das gerecht?

Zu allem Übel habe ich eine Zwangsabtretung meines Lohnes am Hals, weil ich mir von einer Bank eines benachbarten Landes, Grüezi, Geld lieh. Das war, als wir weniger Gehalt bekamen und das Geld einfach nicht reichte. Die Preise waren enorm gestiegen und ich kam nicht mehr nach mit den Rechnungen. Das Grüezi-Geld konnte ich gut gebrauchen und sie liehen es mir ohne Eintrag in die Schufa und das war auch gut so. Doch dann konnte ich den Kredit nicht mehr bedienen, Ratenrückstand. Das nennt man Schuldenfalle! Nach etwa acht Monaten aufrechter Zahlung reichte mein Geld - wieder mal - nicht.

Meine Katze Micky war nämlich gestorben und ich brauchte mehr Geld für die Behandlungen beim Tierarzt und danach für das Krematorium. Pst: Ich habe eine für meine Verhältnisse sehr teure Urne gekauft. Zugegeben, das war sehr übermütig. Ich vermisste meinen Micky wirklich arg. Nun könnte man sagen, dass das kein Anlass sei, sich weitere Kosten aufzuhalsen, aber würden Sie Ihre Katze einfach so aufgeben? Oder Ihren Hund? Oder im schlimmsten Fall: Ihr Kind?

Liebes Deutschland, nachdem das Geld nicht mehr reichte, kamen das Inkassobüro und dann noch eines und noch eines. Überall zahle ich nun kleine Raten. Das Geld reicht gerade so. Ein Hartz-IV-Empfänger bzw. eine

Hartz-IV-Empfängerin muss mit dreihundertneunundfünfzig Euro im Monat klarkommen, was wirklich verflucht schwer sein muss, denn er oder sie muss davon die Telefonrechnung bezahlen, neben Essen, Pflegeprodukten, Kleidung und vielen anderen Dingen des täglichen Lebens, von Geburtstagsgeschenken eventuell noch vorhandener Freunde bzw. Freundinnen gar nicht zu reden. Ich habe es mir genau ausgerechnet: Wenn ich fleißig weiter schaffe und nebenbei vierhundert Euro rein schaufele, dann lebe ich selbst von zweihundertundzwanzig Euro im Monat. Dies aber lediglich für Essen und Trinken und Pflegeprodukte und Kleidung und….

Ein kleiner Trost wäre es schon, wenn die Grüezis ihr Bankgeheimnis lüften müssten. Ja, wie wäre es, meine Herren, meine Damen?

Oh, ich habe vergessen zu erwähnen: In meinem Briefkasten ist ein Schreiben vom Finanzamt: Sie wollen meine Steuererklärung!

Tschüss, Deutschland. Deine Straßburg.

Der Gläubiger und seine Schuldnerin oder Die Bedrohung

Es war ein regnerischer kühler Tag, alles grau draußen. Marlene sah aus dem Fenster, ganz in Gedanken, als das Telefon klingelte. Sie erstarrte vor Angst. Wenn es wieder dieser komische Typ vom Inkassobüro war, wollte sie den Hörer gar nicht erst abnehmen. Sie konnte nichts sagen außer: "Bitte gedulden Sie sich noch zehn Tage, dann habe ich das Geld." Was sonst hätte sie sagen sollen? Ihr Konto gab derzeit nichts her. Ihr Dispo war ausgeschöpft, der Sachbearbeiter der Bank schüttelte den Kopf als sie um eine Erhöhung bat. Nichts zu machen. Auch leihen konnte sie sich nichts, es ging immerhin um 200,00 Euro. Kein Mensch, den sie kannte, hatte zehn Tage vor Monatsende so viel Geld übrig. Weiteres Klingeln. 'Nein, ich gehe nicht dran!' Nochmaliges Klingeln. Sie zögerte, war aber gerade dabei ihre Hand in Richtung Telefonhörer zu halten und griff zu, als es erneut klingelte. "Schönberg, hallo!", meldete sie sich. Ihrer Stimme war nicht anzuhören, wie nervös sie wirklich war, dennoch zitterte sie am ganzen Körper, was der andere Gott-sei-Dank nicht sehen konnte. "Inkasso-Berger hier.", meldete sich eine sehr tief klingende Männerstimme, die gleich insistierend loslegte: „Frau Schönberg, wir rufen Sie zum wiederholten Male an, weil wir immer noch keinen Zahlungseingang feststellen konnten. Wir erwägen nunmehr, Sie bei sich zu Hause mal zu besuchen." Marlene gefror das Blut in den Adern, doch zugleich packte sie die Wut und sie entgegnete tapfer: "Was wollen Sie? Wieso wollen Sie mich besuchen? Ich bin nicht zu Hause.", was im Moment nicht so recht stimmte und auch von der Gegenseite nicht ernst genommen wurde. Die Antwort: "Überweisen Sie sofort den Betrag auf unser Konto. Dann ist alles gut. Wenn das Geld nicht bis in fünf Tagen hier ist, besuchen wir Sie, und seien Sie sicher, dass Sie da sein werden. Auf Wiederhören!". Marlene wollte noch etwas sagen, doch sie legte den Hörer leise auf.

Silvio hatte ihr vorgeworfen, dass sie sich mit diesen Geschäftemachern, wie er sie nannte, eingelassen hatte und dass ihr nicht zu helfen wäre. Er hatte gut reden. Er hatte Geld, aber er gab ihr nichts und sie wollte auch nichts, jedenfalls nicht von ihm. Silvio, ihr Ex-Freund war schon immer ein Nehmer-Typ gewesen, mit dem Geben tat er sich besonders schwer. Auch für ihr gemeinsames Kind zahlte er schon seit Monaten keinen Unterhalt. Sie hatte alles versucht: ihn unter Druck gesetzt, mit dem Anwalt gedroht, den Anwalt beauftragt, doch sogar eine Pfändung war erfolglos. Silvio war schlau genug, seine Habe in Sicherheit zu bringen. Wie sie und ihr Dreijähriger durchkamen, war ihm offensichtlich ziemlich gleichgültig. Und irgendwie schaffte sie es trotz allem über den Monat zu kommen. Als Sonntags-Vergnügungs-Vater glänzte er dennoch gerne. Nein, sie stand ganz allein auf weiter Flur und suchte verzweifelt nach einer vernünftigen Lösung. Im Kopf ging sie alles nur Mögliche durch, um die letzte Rate zusammenzukratzen. 'Verflixt! Hätte ich nur das Fahrrad nicht gekauft!' Sie hatte es Marko zu seinem dritten Geburtstag geschenkt, er war ganz verrückt danach. Alle Kinder in seinem Alter hatten ein Rad, jedenfalls fast alle. Sie hatte Silvio um die Anzahlung gefragt, aber der log sich heraus: "Geht nicht, ich habe bereits ein schönes Geschenk für Marko." Er schenkte ihm einen Besuch auf der Kirmes und ein großes Eis. Marlene war sehr wütend, als sie das hörte.

Sämtliche Namen ihrer Freundinnen ließ sie sich durch den Kopf gehen, eine nach der anderen, und bekam höchstens 100,00 Euro zusammen. Nein, das war wohl nichts. Außerdem konnte sie keinen klaren Gedanken fassen, da dieser Kerl am Telefon so unverschämt frech war, dass sie eine mächtige Wut bekam. 'Was mache ich nur, wenn die wirklich hier auftauchen? Keine Lust auf diese Typen.' Sie hatte mal eine Sendung gesehen, in der über solche Leute berichtet wurde. Da tauchten kahlköpfige, tätowierte Muskelprotze auf, die keine verschlossenen Türen akzeptierten. Sie stellten sich unters Fenster und riefen einen raus, ja schrien einen raus, so dass alle Nachbarn es hören konnten. Das war richtig ekelhaft, peinlich und konnte einem Angst machen. 'Wenn diese da nun auch so sind, dann will ich besser nicht zu Hause sein.', dachte sie. Keine Chance. Sie bremste sich. Einfach weglaufen ging nicht, Marko braucht seine Sachen für den Kindergarten und einen geregelten Ablauf. Täglich holte sie ihn um Zwölf Uhr vom Kindergarten ab. Er würde sein Zuhause vermissen und schließlich wollte sie die Sache auch nicht dramatisieren. So schlimm konnte gar nichts sein, dass sie sich einfach so aus ihrer Wohnung, ihrem Leben vertreiben ließe. Es muss noch eine andere Lösung geben.

'Ob ich den Fernseher verkaufe? Ist wohl nichts wert. Danach brauche ich einen Neuen und habe nichts gewonnen.' Sie graste ihr Hab und Gut ab. Aber es fiel ihr partout nichts Wertvolles ein, das sie zu Geld machen konnte. Eine Arbeit suchen..., ja gut, aber auf die Schnelle bringt das auch nichts. Außerdem lebt sie mit ihrem Sohn vom Ämtchen und müsste ihr Einkommen rechtfertigen. Das ginge ja zur Not, aber…, „ach, das ist alles so kompliziert und verzwickt." Sie schaute auf die Uhr. "Schon Viertel vor Zwölf! Schnell los, Marlene", rief sie sich selbst zu und war zuinnerst dankbar um eine kleine Ablenkung und um ein wenig Normalität. Sie zog eilig ihren Mantel an und lief zum Kindergarten.

Marko strahlte als er seine Mutter sah und lief lachend auf sie zu. ,Wie fröhlich er ist', dachte Marlene. ,Wenn er die traurige Realität zu spüren bekäme, ich könnte mir das nie verzeihen. Ich will, dass er so fröhlich bleibt', dachte sie und nahm ihren Sohn in ihre Arme. Nachdem Marko sich fertig gemacht und seine Schuhe angezogen hatte, rief er: "Kuck mal Mama, ich kann schon die Schuhe selbst zu machen", und die beiden gingen Hand in Hand zum Supermarkt, um noch etwas zu besorgen. Marlene wollte heute Spaghetti kochen und brauchte noch frische Tomaten für die Soße, da begegnete den beiden Frau Schütte, ihre Nachbarin. "Guten Tag, Frau Schütte!" begrüßte Marlene sie. "Hallo Frau Schönberg, wie geht's denn so?". Marlene antwortete mit 'gut' und 'man tut, was man kann'. "Liebe Frau Schönberg, das freut mich. Mir geht es auch ausgezeichnet. Ich kaufe was Feines zum Abendessen, weil mein Mann hat mir nämlich ein superteures Geschenk gemacht und da muss ich ihn einfach verwöhnen. Sie wissen ja, wie das ist, gell." ,Nein', dachte Marlene, sie wusste nicht, wie das ist, aber das machte auch nichts. Sie wollte auch gar nicht wissen, was dieses „superteure Geschenk" denn war, aber sie ahnte schon, dass ihr nichts übrigblieb, als es zu bewundern. Frau Schütte war in diesen Dingen äußerst ungnädig und ließ nicht so leicht ab, wenn sie jemanden in ihren „Klauen" hatte. Und schon streckte Frau Schütte ihr ihre Hand entgegen und wackelte mit ihren rundum gestylten Fingernägeln. "Er hat mir einen echten Saphir geschenkt, der Ring ist 750er-Gold. Ist das nicht fantastisch! Da staunen Sie, was?". Marlene staunte nicht schlecht, ließ sich aber nichts anmerken. Der Ring wackelte an den dünnen Fingern und drohte herunterzufallen. ‚Was, wenn sie ihn verlöre?', dachte Marlene. Nein, auch das käme nicht in Frage. Frau Schütte sieht alles, merkt alles. Sie bewunderte das Geschenk zähneknirschend: "Oh Frau Schütte, da hat Ihr Mann sich aber nicht lumpen lassen. Ich wünsche Ihnen noch einen schönen Abend.", sprachs und entschwand so schnell sie konnte im Supermarkt.

Marlene spülte wie immer nach dem Essen die Teller ab und räumte ihre Küche auf. "Marko, wollen wir gleich mal was zusammen spielen?", rief sie von dort ins Kinderzimmer. "Ja, Mama. Heute will ich Memory spielen, ja?". Marko kam zu ihr in die Küche und landete dort am Ende seiner Frage. "Gut, machen wir. Geh schon mal vor und hole das Spiel aus der Kiste, Marko. Ich komme gleich nach" und Marko flitzte los. Im Nu hatte er das Spiel aus der Spielkiste gezaubert und ließ alle Karten auf den Tisch fallen. Marlene kam hinzu und lächelte ihn an. "So, mein Lieber. Jetzt müssen wir die Karten umgedreht hinlegen, dann kann es losgehen." Beide legten die Karten hin und Marko fing wie immer an als Erster aufzulegen. "Kuck mal Mama, ein Mond und ein Ring.", Marko verzog das Gesicht, weil er nicht zwei gleiche Karten hatte. Marlene legte zwei auf und hatte die beiden Ringe zugleich. "Ach, Marko, die Mama hatte nur Glück, das hast du jetzt sicher auch, ja.", Marlene wollte, dass Marko auch sein kleines Erfolgserlebnis bekam und dachte darüber nach, dass Ringe sie heute irgendwie verfolgten. 'Ob das was zu bedeuten hat?', dachte sie. Sie sah nochmals auf ihre Karten, die Ringe. Die Ringe! 'Ja, natürlich, die Ringe!', sie schlug sich die Hand vor die Stirn. "Wieso bin ich da nicht gleich draufgekommen. Die Ringe von Oma und meine Eheringe.". Marlene sauste ins Schlafzimmer, wo sich ihr kleines Schmuckkästchen befand. Viel war es nicht, aber etwas würde es schon bringen, wenn sie ins Leihhaus ging. Silvio hatte ihr seinen Ehering, gottlob, überlassen. Wohl, weil es ihm wurscht war oder er hatte es ganz einfach vergessen oder sonst ein Grund. Ganz gleich, welcher Grund es war, jetzt hatte sie einen guten Wert, um ihn zu Geld zu machen.

Am nächsten Morgen, nachdem Marlene die Ringe fortgebracht und zu Geld gemacht hatte, der Mann am Schalter gab ihr für drei Ringe, ein Armband und eine Goldkette immerhin 210,00 Euro, brachte sie das Geld gleich auf Ihr Konto und überwies ihre Rate an Inkasso-Berger. Just in diesem Augenblick, als sie das erledigt hatte, konnte man regelrecht den Stein von ihrem Herzen plumpsen hören und sie und ihr ahnungsloser Marko gingen auf ein schönes Eis. Sie saßen bei Eis-Luigi und genossen ihr gemischtes Eis mit Sahne. Marlene beobachtete die Leute. Da sah sie zwei Männer, die sich eigenartig benahmen. Zwei Typen in Jeans und Jackett. An den Revers ihrer Jacketts konnte man das Symbol von Inkasso-Berger sehen. Sie erkannte den Schwarzen Adler auf gelbem Untergrund. Die beiden Typen hatten auch Schmuckstücke an: Zwei silberne Armbänder um jedes ihrer Handgelenke und waren in Begleitung von zwei grün bekleideten Herren. Ihr langes Haar, sie waren wider Erwarten nicht kahlköpfig, das ursprünglich zu einem Zopf gebunden war, fiel jetzt wild durcheinander herum. Der eine war blond gekräuselt, der andere leuchtend rot gelockt. Ihre Gesichter sahen ziemlich verdutzt aus und der mit den roten Locken blickte düster drein. Eine Tätowierung war nicht zu sehen. Sie hatten wohl einen Schuldner überfallen und dieser musste verletzt sein, wie Marlene vermutete, denn auf der anderen Straßenseite war ein Krankenwagen zu sehen. Marlene war erleichtert darüber, dass sie ihre gerechte Strafe bekämen. "Schau mal Mama, die beiden Männer haben aber komische Haare!", rief Marko ihr zu und eimerte sich vor Lachen und Marlene stimmte ihm lachend zu. „Ja, sehr komisch, Marko."

Ich denk an nix Böses oder Der Irrtum

"Hatschi!" Emma streicht sich über die Nase, die sehr lästig kitzelt. Ein Sonnenstrahl löste diesen Nieser aus und ersetzte das Klingeln des Weckers. Sie blinzelt nun mit dem rechten Auge, während sie das linke weiterhin geschlossen hält. 'Den Tag vorsichtig prüfen, erst mal schauen, ob die Welt in Ordnung ist.', denkt Emma. Die Sonne scheint, es ist still drinnen wie draußen. Scheinbar ja, sie ist in Ordnung. Nur frühlingshaftes Vogelgezwitscher draußen. "Ach, wie wundervoll!" Sie blickt zu Lizzy. "Hallo Lizzy, komm schmusen, kleine Morgenröte." Auch Emmas Katze Lizzy, eine rote Tigerin, deren Fell in der Sonne leuchtet und glänzt, blinzelt zunächst misstrauisch, entscheidet sich aber bald ihre grünen, kajalstrichartig gezeichneten Augen zu öffnen und sieht Emma erwartungsvoll an. Dann macht Lizzy einen Katzenbuckel, streckt und erhebt sich sogleich. Nun bewegt sie sich graziös und sehr langsam mit hoch erhobenem Schwanz auf Emma zu. Die beiden schmusen, wie jeden Morgen, und Lizzy schnurrt wie ein kleiner Motor. 'So fängt der Tag schon einmal herrlich an', denkt sich Emma und genießt die friedliche Morgenstimmung. Sie reckt und streckt sich wohlig im Bett. "Wenn es heute so weiterginge, kann eigentlich nichts mehr schief gehen.", plappert Emma optimistisch vor sich hin. Lizzy spitzt ihre Ohren, als würde sie genauestens verstehen, was Emma sagt.

"So, nun aber fix Kaffee kochen und ab ins Bad. „Komm, Lizzylein", Emma streichelt sie, gleich hat sie keine Zeit mehr, "ich muss mich nun fertig machen, meine Morgenröte." Emma erledigt ihr Morgenprogramm schnellstens, um ihre fröhliche Stimmung, bevor „der Stress", wie sie es nennt, sie voll und ganz vereinnahmen wird, für einige Minuten beim Frühstück und Lizzy-Streicheln aufrecht zu erhalten.

Sie schaut prüfend aus dem Fenster und alles strahlt im frühen Sonnenlicht. "Sehr angenehm, meine Kleine. Nun muss ich aber..., bin bald wieder da, Süße." Sie küsst von weitem ihre sie mit großen Augen anblickende Katze, schmeißt noch ein Küsschen nach und flitzt hinaus, die Türe schließend, den Aufzug drückend. Der Aufzug kommt, sie steigt ein, drückt auf 'E' und fährt hinab. Unten angekommen, öffnet Herr Voigt die Türe mit einem kurzen 'Guten Morgen'. Emma antwortet ihm ebenso kurz und geht aus dem Haus, denkt an nix Böses, die kleine Haustreppe hinunter, rutscht aus, fällt rückwärts auf ihren Allerwertesten. Schmerz, auweia! Emma flucht, flucht was das Zeug hält. "Was hält mich ab, verflixt noch mal, schnell zur Arbeit zu gehen? Kann man denn in diesem Sch...land nicht mal einfach normal laufen...?" Typisch Emma, wenn sie am Boden liegt, weint sie nicht, wie es andere tun, sie schimpft und flucht und richtet sich sofort wieder auf. Dennoch ein kurzes Jammern, oh, dieser Schmerz, muss auch mal sein, dann noch ein "verdammt noch mal" und weiter. Sie war zeitlich schon ziemlich knapp dran. Als sie auftritt, schmerzt es doch arg. Sie akzeptiert es, beißt die Zähne zusammen und geht so schnell als möglich weiter.

Der Versuch, sich in der U-Bahn auszuruhen und die Hoffnung, der geprellte Fuß würde sich wieder beruhigen, misslingen gar kläglich, denn als Emma, die auch emotional ein wenig lädiert war und auf den Schrecken all ihre Rechnungen gedanklich durchforstete und die diesen gegenüber stehenden Einnahmen zusammenkratzte, stieß ihr ein klackerndes metallartiges Etwas ins Genick, und das tat weh. "T'schuldigung, der Herr. Ihr Rucksack war wohl etwas schwer für Sie!", zischt Emma laut dem Kerl hinter ihr entgegen, der sich erst beim Hinsetzen dazu entschlossen hatte, seinen schweren Rucksack abzunehmen, nachdem er ihn Emma zunächst in den Nacken fallen ließ. Sie setzt sich kurzentschlossen und reflexartig auf den gegenüberliegenden freien Sitz, um weitere Attacken und eine ihr als unangenehm empfundene Nähe zu diesem schlecht erzogenen Rüpel zu vermeiden. „Sicherheitsabstand!" Sie wusste ja nicht, wie dieser auf ihre Worte reagieren würde. Von den Leuten drum herumbekommt sie keine Reaktion, nicht ein Blick. Die Frau neben ihr sieht mit halbgesenktem Kopf auf den Boden. Emma schluckt, hat einen Kloß im Hals, ihr Fuß pocht und sollte eigentlich hochgelegt werden, was an diesem Ort schwerlich zu machen ist. Emma sehnt sich nach ihrer kleinen heilen Welt zu Hause, nach Lizzy und ihrem Sofa. Außerdem beschäftigt sie der Gedanke, wie sie es künftig wohl verhindern könne, dieser unglaublichen „Chance", einen Rucksack, der offensichtlich mit schwerem Werkzeug geladen ist, ja, „geladen", zu entgehen. Ihre Rechnungen hakte sie, jedenfalls vorübergehend, ab. 'Hat auch was Gutes, gell.', leichtes sarkastisches Lächeln, das entspannt schon mal.

Am Eingang ihrer Firma öffnet der Portier ihr die Türe nicht, wie sonst. Emma, sauer, zückt ihre Karte betont cool, zischt im Vorbeigehen ein "Morgen" durch die Zähne, drückt zum zweiten Mal, wie jeden Morgen, einen Aufzug, der kommt, drückt auf die 'Zehn', ab nach oben. Kaum ist sie in ihrem Büro, klingelt das Telefon. "Jaja, bin ja schon hier." Emma legt schnell ihre Tasche auf ihren Bürostuhl, nimmt den Hörer ab, "FlickFlack-Fluck AG, Guten Morgen". Am anderen Ende die Antwort: "Morgen, hier ist Schlimmer. Ich habe keine Winterreifen mehr drauf und brauche nun schnellstens ein Bahnticket. Bitte rufen Sie mich zurück und teilen Sie mir mit, wann der nächste Zug nach Hannover geht. Danke." Emma legt den Hörer auf. Ihr Chef, Herr Schlimmer, ja, so kann man heißen, hatte also auch nicht mit einem Wintereinbruch gerechnet, Sie denkt an nix Böses, setzt sich. Grgwtsch, ganz leise, jedoch unüberhörbar. Zumindest für Emma war es unüberhörbar, sonst war auch niemand da. Ihr Joghurt für ihr mittägliches Diätessen bereicherte die Innenseiten ihrer ansonsten schlanken Jeanstasche. Über weitere Verteilungen wollte und konnte sie gerade nicht nachdenken. Schnell bucht sie das Ticket, ruft den Chef an, reinigt daraufhin irgendwie ihre Tasche, entsorgt das Joghurt, holt ein belegtes Brötchen in der Kantine, ‚heute keine Diät', denkt sie und ‚alles Schlechte hat auch was Gutes'. Der Rest des Tages ist purer Stress, der Emma voll und ganz vereinnahmt, danach geht sie einkaufen.

Im Supermarkt besorgt sie das Notwendigste: Katzenfutter, Milch, etwas Obst und ein paar Joghurt für die kommenden Bürotage. Als sie den Supermarkt verlässt, sie denkt an nix Böses, sieht sie zum Blumenladen gegenüber. "Von da brauche ich noch Dünger und Erde zum Umtopfen.", murmelt sie leise vor sich hin. Rums! Ein imposanter, dennoch kleiner Mann mit sehr rundem Bauch muss sie wohl übersehen haben oder sie ihn. Emma holt Luft und, nein, kein Fluchen, kein Jammern, nein, es reicht. 'Ich ignoriere es einfach. Es ist gar nicht passiert. Alles wird gut. Erde, Dünger...' Luft schnappend, kleine Sternchen vor Augen, ein wenig schwindelig ist ihr, die Nicht-Entschuldigung hat sie natürlich völlig überhört, geht sie langsam und konzentriert zum Blumengeschäft. Sie erledigt den Rest, und ist froh, als sie endlich daheim ist. Lizzy freut sich sehr und lässt sich gerne streicheln, das frische Fresschen akzeptiert sie mit großem Appetit. 'Wenigstens hier habe ich höfliches Benehmen. Lizzy ist eine freundliche, gut erzogene Katze. Abgesehen davon scheinen Katzen sowieso viel freundlicher und höflicher zu sein als so manches Menschenwesen da draußen. Emma unterdrückt den aufkeimenden Impuls, alles noch mal ablaufen zu lassen, was ihr heute widerfahren ist. Sie will nur noch da anknüpfen, wo sie heute Morgen, als die Sonne noch schien, angefangen hatte.

Sie ist eben doch eine unverbesserliche Optimistin. Mit einem Buch auf dem Sofa, Lizzy zu Füßen, glaubt sie, alles sei gut. Eine Maschine Wäsche ist angestellt, die Geschirrspülmaschine läuft gleichzeitig. Sie denkt an nix Böses, warum auch? Krachklirrkrachchch! Nein, dies ist kein Comic, es ist die Waschmaschine. Emma pumpt das Wasser ab, holt die klitschnasse Wäsche raus und sucht in der Trommel nach eventuellen Teilen, die da nicht reingehörten. Wie sie reinkamen, darüber möchte sie nicht nachdenken, erst mal sehen, was drinnen ist, bevor sie an eine Verschwörung glauben will, wozu sie sehr versucht ist. Sie findet den Übeltäter, "schon wieder ein 'Er'", murmelt sie. Es ist ein BH-Bügel. Er hatte sich aus einem ihrer BHs gelöst und in der Trommel verheddert. "Na bitte, auch du kannst mich nicht aus der Fassung bringen", Emma lächelt den Bügel an, als wär's ein abgelegter Liebhaber, der einfach nicht gehen will.

Zurück auf der ach so gemütlichen Couch, liegt sie wiederum entspannt da, so gut es eben geht, und liest weiter in ihrem Buch. Ihre rechte Hand lässt sie lässig herunterbaumeln, so dass Lizzy an dieser beginnt ihr Gesichtchen zu reiben, einmal links, einmal rechts. Sie schnurrt dabei und schaut zwischendrin ihr Frauchen an, ob diese bereit sei, sie nun zu streicheln. Lizzy wartet umsonst. Frauchen liest und registriert Lizzy nicht. Lizzy versteht nicht, warum sie nicht beachtet wird und fasst einen spontanen Entschluss: Sie öffnet ihr Tigermäulchen und ihre scharfen Zähne kommen zum Vorschein. Dann beißt Lizzy mit aller Kraft, die sie in ihrem kleinen, nicht zu unterschätzenden Tigermäulchen hat, in die herunterbaumelnde rechte, sehr entspannte Hand ihres Frauchens Emma. Diese schreit laut auf und weiß nicht recht, wie ihr geschieht und nun doch noch bereit ist, an eine Verschwörung aller Geschlechter und bösen Geister zu denken. "Lizzy! Du auch?"

Das Hühnchen oder Die Vegetarierin

Einmal im Monat kaufe ich ein Hühnchen. Da suche ich immer eines aus, das frisch und nicht so teuer und doch nicht so billig ist. Wäre es billig, plagte mich ein schlechtes Gewissen, wie es denn gelebt hätte, andererseits, wäre es zu teuer, plagte mich mein Portemonnaie.

Das Hühnchen kaufe ich nicht allein für mich, nein. Es ist in der Hauptsache für Kimba und Jimboy. Das sind meine Kater. Kimba, der rote Tiger und Jimboy, der schwarze Panther. Kimba ist derjenige, welcher schon beim Auspacken des Hühnchens sofort in der Küchentüre sitzt, der mich mit großen Augen fixiert und da wartet. Jimboy weiß noch von nichts.

Wenn ich das Hühnchen zubereite, pinsele ich es aus Respekt mit viel Rücksichtnahme und nativem Olivenöl ein, das vorher in einer kleinen Tasse mit etwas Meersalz angereichert wird. Vorher wasche ich das Hühnchen unter laufendem Wasser und tupfe es vorsichtig, wie nach einem Bad, leicht mit einem sauberen Tuch ab, streiche zunächst die Bauchseite des Hühnchens und gleich darauf die Rückenseite nebst Hühnchenschenkel ein. Dabei bekomme ich ein mulmiges Gefühl, weil ich denke, dass dieses arme Wesen für uns drei Schleckermäuler sein Leben lassen musste.

Normalerweise esse ich kein Fleisch. Ich bevorzuge Getreide, Gemüse und Obst. Das ist nicht nur gesund, sondern macht auch kein schlechtes Gewissen. Oh, diese Plage! Wären alle Hühnchen glücklich im Leben, äße ich sie mit heftigem Vergnügen, wer weiß! Dennoch kaufe ich sie ja vor allem für meine Kater, den Tiger und den Panther. Sie lieben Hühnchen über alles!

Nun kommt das Hühnchen in den Ofen, vorgeheizt bei 180 Grad. Nach einer Stunde etwa, je nach Gefühl, ich bereite es stets nach Gefühl zu, hole ich das Hühnchen aus dem Ofen und lasse es noch einige Minuten stehen, damit sich der Saft des Hühnchens gleichmäßig verteilt und beim Schneiden nicht herausläuft. Mein Hühnchen ist immer und jedes Mal saftig, zart und das Fleisch fällt fast wie von selbst vom Knochen. Ach, der Knochen! Der gehörte im Leben zum Hühnchen und stützte sein Fleisch, damit es sich bewegen, im Stall oder im Käfig herumlaufen und sein Futter aufpicken konnte.

Den Knochen befreie ich nun vom Fleisch. Dies muss ich schnell tun, da Kimba, taktisch beobachtend, nun in der Küche sitzt und mich mit großen Augen fixiert und ich in Gefahr bin, über ihn zu stolpern, denn er ist nun überall, wo ich und das Hühnchen sich befinden. Die Haut ziehe ich ab, denn Katzen vertragen keine Gewürze, das Salz ist für mich. Hastig stecke ich mir das eine oder andere Stück vom Hühnchen in den Mund und lasse regelmäßig ein oder zwei Stückchen für jeden Kater fallen. Dabei wird zu meinen Füßen gefaucht und beide umlauern sich nun gegenseitig.

Am Rücken des Hühnchens ist noch etwas Fleisch. Das entferne ich mit dem Fingernagel meines Daumens, damit auch jedes Stückchen Fleisch des Hühnchens verwertet wird. Es wäre doch tragisch, wenn es umsonst gestorben wäre. Dabei entschuldige ich mich bei diesem, wie auch sonst bei jedem anderen Hühnchen, und teile ihm mit, dass es in Ehren und mit Freude verspeist würde, damit es über meine guten Absichten informiert sei.

Nachdem alles Fleisch vom Korpus des Hühnchens entfernt ist, lege ich die Schenkel und Flügel des Hühnchens auf einen Teller für den morgigen Tag. Am Ende sieht der Korpus wirklich tragisch aus und ich beobachte meine beiden Kater, wie sie das Fleisch des Hühnchens genießen und weiß: Es war nicht umsonst!

Am Ende liegen beide Raubtiere auf der Couch, sie putzen sich und interessieren sich nicht für meine Gewissensbisse. Satt und zufrieden schlafen sie nun und ich auch.

„Die Katze" von H.C. Schmolck, 1962

Der Rentner und sein Hündchen oder Die Störung

Die Sonne schien, als Herr Weidenborn mit seinem Dackel, oh Verzeihung, mit Alfred, die Marktstraße hinunterging. Er hatte trotz des schönen Wetters seinen Hut auf und zur Sicherheit den Regenschirm mitgenommen, denn man weiß ja nie. Alfred trägt eines seiner beiden Hundekleider und ist heute blau-geblümt. Alfred ist ein niedlicher kleiner Kurzhaardackel mit, naja, Hundeblick und hält mit seinen kurzen Beinchen gut Schritt mit seinem Herrchen, das es sehr eilig hat über die Straße zu kommen. Herr Weidenborn ist mit immerhin 67 Jahren an sich kein Schnell-Läufer, nur wenn es darum geht, den Autos zu entkommen, beeilt er sich so gut er kann. Alfred kennt das schon und freut sich, wenn sein Herrchen ihn lobt, was dieses immer nach dem Überqueren der Straße tut: "Also Alfred, das hast du gut gemacht.", sagt Herrchen dann zu ihm und tätschelt ihn liebevoll aufs Hinterteil.

"Ach Alfred, alles könnte so weiter gehen, du und ich, ein gutes Team sind wir beide," sagt Herrchen zu Alfred, der dann freundlich mit dem Schwanz wedelt, "wenn nicht dieses üble Subjekt nebenan wäre!", womit er seinen Nachbarn Meier meint. "Der Meier ist schon ein rechter Übeltäter, ein Griesgram, ein Spielverderber! Gestern haben wir uns wieder sehr über seinen Stubentiger geärgert. Es soll ihn noch der Blitz holen, dieses Katzenvieh!" Weidenborns Nachbar, der Herr Meier, hält nämlich einen Kater namens Willi. Willi darf morgens und abends immer durch das Treppenhaus, vom zweiten Stock herunter, zur Haustüre hinaus, denn Willi ist ein Freigänger und ein rechter Streuner. Dabei muss er an der Türe von Weidenborn und seinem Alfred im Erdgeschoss vorbei. Willi liebt es von Zeit zu Zeit, nur der Herrgott weiß, warum, seine Duftmarke zu hinterlassen. Das stinkt dem Weidenborn mächtig und auch dem Alfred, wie man sich denken kann. Nach Erledigung dieser Tätigkeit läuft Willi flink zur Türe hinaus und genießt sein Lotterleben draußen mit den von ihm umgarnten Katzenmädels, die ihm zu Hauf nachlaufen. Daraus lässt sich schließen, dass Willis Duftmarke so überall im Bezirk verteilt ist. Man muss auch sagen, dass es in seinem Revier keinen anderen Kater gibt. Muss wohl an Willi liegen.

"Heute Morgen hat er es schon wieder getan, man bekommt den Gestank einfach nicht mehr heraus." Weidenborn ärgert sich sehr und Alfred hört ihm gut zu, auch wenn ihm nicht so ganz klar ist, was Herrchen da spricht. Alfred ist ein ordentlicher Hund und stets an der Leine, wenn es nach draußen geht. Alfred kann es auch nicht verstehen, wie es möglich ist, so völlig ungezügelt, wie es Willi tut, auf der Straße herumzulaufen und es würde ihm nicht im Traum einfallen, so viele Mädels zu beglücken. Nicht der geringste Gedanke! Er ist, wie man so sagt, ein anständiger Hund und stets und unter allen Umständen an der Seite seines Herrchens. Alfred liebt es, wenn er und sein Herrchen nach dem Spaziergang nach Hause kommen, Alfred hat natürlich alles erledigt, was er musste, und sein Herrchen ihn freundlich, aber sehr bestimmt, bittet, sich auf die Hinterbeine zu setzen, und mit hechelnder Zunge ‚Bitte' zu sagen, bevor er sein feines Leckerli bekommt.

Wie oft hatte Weidenborn den Meier schon gesagt, dass das nicht geht. Er klingelt Sturm und der Meier öffnet nach geraumer Zeit seine Türe, ungern, wie man ihm ansieht, doch ohne eine Miene zu verziehen, hört er sich an, was der Weidenborn sagt, es ist ja doch immer das Gleiche. Dass der Willi endlich kastriert werden muss, dass der Willi nicht durchs Treppenhaus laufen soll, "von mir aus tragen Sie ihn runter und setzen ihn vor die Tür", sagt der Weidenborn dann, "aber er soll nicht mehr an meiner Türe vorbeigehen und seinen Gestank verbreiten, das ist eine echte Sauerei! Sie bezahlen mir demnächst eine Putzfrau," keift er und steigert sich: "wenn Sie nicht dafür sorgen, dass das aufhört, rufe ich die Polizei oder das Tierheim. Die holen dann Ihren Willi, was glaubt der eigentlich, wer er ist? Ein Kater gehört nicht ins Haus, der gehört ins Tierheim!" Herzlos, aber Herr Weidenborn ist gnadenlos, wenn es um Katzen und vor allem um den Willi geht. Meier antwortet ihm in der Regel, dass er seinen Willi rauslassen könne, wie und wann er wollte und dass der Weidenborn sich nicht so aufregen soll, das sei nicht gut für sein Herz. Außerdem sei sein Hund ein armes Tier, immer an der Leine und völlig dressiert, der arme Kerl, er täte ihm schon arg leid, meint der Meier dann. "Sie werden noch von mir hören" schimpft Weidenborn weiter und geht zurück in seine Wohnung, hinter sich die Türe "komm, Alfred!" zuknallend. Der Meier zieht seine Hosenträger zurecht und macht das Gleiche, nur dass Willi nicht da ist und ein "komm, Willi" somit nicht in Frage kommt.

Am Abend dann lief der Willi, wie alle Tage, an Alfreds Türe vorbei, markierte und lief fix nach draußen. Willi ist flink und darauf bedacht, schnellstens zu seinen Mädels und all den schönen Abenteuer, die auf ihn warten, zu kommen. Herr Weidenborn hatte schon darauf gewartet und wollte Willi eigentlich schnappen, um ihn dann vom Tierheim abholen zu lassen. Als er hörte, wie Willi ein lautes Miauen losließ, öffnete er die Türe mit einem Ruck, Alfred stand schwanzwedelnd neben ihm, und Willi flitzte los, flugs war er weg. "Dich krieg ich noch, warte nur ab, du, du Kater!" Weidenborn war außer sich. "Komm, Alfred, wir gehen jetzt ins Bett!", knallte, mal wieder, seine Türe zu und dampfte vor Wut. Alfred bekam in dieser Nacht und an diesem Abend kein Leckerli, was ihm sehr missfiel.

"So kann es nicht mehr weitergehen", brummelte Weidenborn vor sich hin, "wie krieg ich den nur?" Er grübelte und grübelte. Alfred kam schwanzwedelnd auf sein Kaffee trinkenden Herrchen zu und bellte, aber nur leise, denn Alfred ist ja ein gut erzogener, ordentlicher Hund. Herr Weidenborn war so in Gedanken, trank einen Schluck, grübelte wieder, nahm den armen Alfred gar nicht wahr, ja am Ende hatte er ihn vergessen! Alfred fing an sich zu fürchten, doch er gab nicht auf und bellte lauter und lauter. Herr Weidenborn stellte seine Kaffeetasse ab und sah den bellenden Alfred an mit den Worten: "Ruhig Alfred, sei nicht so laut, ich muss nachdenken." Alfred war außer sich. Eine Ermahnung, kein Streicheln, kein Leckerli, was ist Nachdenken? Alfred verstand die Welt nicht mehr. Sein Herrchen tat etwas, was er nicht verstand. Nicht, dass dies schon das eine oder andere Mal vorkäme, aber da gab es immer ein Leckerli, immer. Alfred war entschlossen, die

Aufmerksamkeit seines Herrchens wieder auf sich zu ziehen und bellte was das Zeug hielt. "Nein, Alfred, still! Aus!" und "Alfred, sitz!". Alfred ließ nicht locker, wo war das Leckerli, wo die Bitte, sich auf die Hinterpfoten zu setzen und mit seiner Zunge zu hecheln und Bitte, Bitte zu machen, um dann ein Leckerli, wie gewohnt, zu bekommen. Herr Weidenborn fand, dass Alfred sich recht ungehörig benahm und wollte ihn schon ermahnen, als er plötzlich, als Alfred im Kreis hüpfte und herumlief wie ein von der Tarantel gestochener Pudel, eine Idee hatte. Die Lösung, jaja, die Lösung war Alfred. Alfred musste den Willi schnappen wie ein wilder Hund. Er sollte Willi auf frischer Tat ertappen und ihm ordentlich Zunder geben, wenn Willi sich wieder vor seine Türe setzte und seine Duftmarke absetzen wollte.

Fest entschlossen erklärte Herr Weidenborn dem Alfred, was er zu tun hätte, wenn Willi heute Abend wieder vorbeikäme. Sie warteten. Alfred wusste nicht warum und auf was, aber er hatte in der Zwischenzeit sein Leckerli bekommen, und wartete an der Seite seines Herrchens. Das tat er gerne so. Die Türe im zweiten Stock ging auf, das konnte man hören. Meier sagte zum Willi: "Willi mach's gut, und ärger' den Weidenborn recht schön, lauf aber fix davon, ja." Willi tats. Er ärgerte den Weidenborn, er tat das gerne so. Weidenborn öffnete seine Türe so schnell es nur ging und stupste Alfred an: "Bell, hol ihn dir!" Alfred tats. Er bellte und versuchte, Willis Hinterteil zu erwischen. Willi fauchte und alle Haare sträubten sich ihm, kurz. Dann schaute er den Alfred an und fing selbst in imitatorischer Hundeweise an, mit dem Schwanz zu wedeln. Alfred bellte, etwas leiser, schaute den Willi an, hörte auf zu Bellen und fing ebenfalls in selbsteigener Hundeart an, mit dem Schwanz zu wedeln, obwohl es kein Leckerli gab. Der Alfred wurde mutig und schnüffelte den Willi ab. Oh, sehr interessant, denn er wedelte mehr und mehr mit dem Schwanz und Willi ließ es sich gefallen. Willi fing an um Alfred herum zu laufen, sich an ihn zu schmiegen, er schnurrte dabei und seine Freude war unübersehbar, auch für Herrn Weidenborn, der Katzen eigentlich, nein grundsätzlich, nicht verstand. Jetzt wedelten beide Tiere mit dem Schwanz, schnurrten und bellten vor Freude gemeinsam im Hunde-Katzen-Konzert.

Herr Meier kam heruntergestürzt. Irgendetwas stimmte nicht. Herr Weidenborn staunte und sein Gesichtsausdruck wurde starr. Er rührte sich nicht, als Herr Meier vor ihm stand und schon bereit war, Herrn Weidenborn zu beschimpfen, so in der Art, was dieser wohl mit seinem Kater hier anstelle. Sein Kater war frei, sein Hund ein Idiot!

Willi und Alfred fanden nicht, dass einer von ihnen ein Idiot war oder irgendetwas Ähnliches. Sie konnten sich gut leiden und Willi wollte Alfred zeigen, wie es draußen sei und Alfred wollte Willi zeigen, wie es ist, wenn man ein Leckerli bekommt und man auf seinen Hinterbeinen steht mit hechelnder Zunge. Herr Weidenborn schaute Herrn Meier an und Herr Meier Herrn Weidenborn wiederum. "Was finden die beiden bloß aneinander?" sagten sie zu gleicher Zeit. Herr Meier reichte Herrn Weidenborn die Hand: "Sei's drum! Machen wir's wie die beiden: Freunde?" Herr Weidenborn reichte Herrn Meier die Hand: "Freunde, aber gern." Sie tranken

einen Schnaps zusammen und Willi und Alfred bekamen ein Leckerli, aber ohne „Hinterpfoten sitz" und hechelnder Zunge.

Der Abschied oder Das Traumata

„Warum hast du das gemacht?" Ihr Vater fragte sie und schaute sie gequält vom Krankenbett aus an. Sie wusste nicht, was sie antworten sollte. Sie konnte ihm doch nicht sagen, dass sie wusste, was er längst ahnte, aber nicht aussprach, nämlich dass er sterben würde. Die Ärzte hatten ihr mitgeteilt, dass ihr Vater krebskrank sei und dass es keine Rettung mehr gab. "Ihr Vater könnte jeden Moment auf der Straße zusammenbrechen." sagte der Arzt und sie gab sich Mühe, zu verstehen, was der Arzt ihr gerade mitgeteilt hatte, konnte es dennoch emotional nicht aufnehmen. ‚Mein Vater', das fühlte sie, ist stark wie ein Elefant, er schafft alles! Wir haben noch so viele Pläne.'

Sie war in dem Alter, wo es nur Zukunft gibt, nicht Vergangenheit, nicht die traurige Gegenwart und schon gar keine Vergänglichkeit: Sie war achtzehn Jahre! Der Arzt sagte ihr auch: "Hören Sie auf mit dem Rauchen, sonst könnte es Ihnen wie Ihrem Vater gehen. Sie sagte "ja, ich höre auf", dachte nicht im Traum daran, denn wie oft hatte sie mit ihrem Vater zusammengesessen und sie hatten diskutiert über wichtige Themen, Themen die sie bewegten, Themen, die die Welt bewegten und sie hörten den Song "I shot the Sheriff" und rauchten, rauchten eine nach der andern und sie trank Kaffee, er Tee, weil sein Magen nicht mehr mitmachte.

Als sie die erschütternde Nachricht vor einigen Tagen bekam, musste sie sich entscheiden. Bei ihrem Vater konnte sie nun nicht mehr bleiben und die Frau, mit der er zusammenlebte, und mit der sie zusammenlebte und die nicht ihre Mutter war, hatte sich nach anfänglicher Freundschaft und Anbiederung: "Ich bin zwar nicht deine Mutter, aber ich werde dir immer eine gute Freundin sein." zu einem gefährlichen Biest entwickelt. Es verging kein Tag, an welchem sie nicht über sie schimpfte und sie als faul bezeichnete. Jeden Abend saß diese Frau mit ihrem Vater in deren Zimmer, in welchem ihr Vater sie ritualisiert allabendlich besuchte, während sie im Nebenzimmer versuchte zu schlafen, und beschwerte sich bei ihrem Vater, dass sie so faul wäre, dass sie morgens zu lange schliefe, dass sie, ja einfach alles sei, was sie nicht mag. Da sie ein junges Mädchen war und entsprechend der Zeit recht streng erzogen, "mach den Mund nicht auf, wenn Erwachsene reden", "du musst brav sein und darfst dich nicht daneben benehmen...", traute sie sich nicht, mit ihrem Vater darüber zu sprechen, dass sie jeden Abend verletzt wurde.

Niemals hätte sie sich getraut, die Frau, die ihr Vater mochte und mit der er sich entschieden hatte, zu leben, die viel für ihn getan hatte, ja, die sich geradezu aufopferte für ihn, bei ihm schlecht zu machen. Was hatte diese Frau alles für den Künstler getan, der immer Geld brauchte, um seine Kunstprodukte herzustellen und bekannt zu machen. Sie hatte ihm geholfen mit Rat und Tat und mit Geld. Warum sie das tat war ihr, dem Mädchen, nicht ganz klar. Vielleicht war es Liebe, vielleicht Hoffnung, die Hoffnung auf den großen Erfolg. Träume waren es allemal. Denn nur Träume können einen Menschen dazu bringen, so sehr in einer Sache aufzugehen, so vieles zu opfern, letztlich die eigene Existenz. So war es!

Und nun hatte sie, das Mädchen, ihres Vaters Sachen mitgenommen, alles, was sie kriegen konnte. Er, das wusste sie, konnte ihr nichts vererben, er war verschuldet bis über die Halskrause, und er würde bald sterben. Mit diesem Wissen und weil sie möglichst viel von ihrem Vater in ihr Leben mitnehmen wollte, bestellte sie sich ein kleines Last-Taxi und nahm ein paar Bilder mit. Viel war es nicht, und ihre Sachen mussten auch noch da rein. Sie hatte ein denkbar schlechtes Gewissen, fühlte sich schuldig einfach alles so einzupacken. Doch das Schlimmste hatte sie nicht vorausgeahnt, niemals dachte sie daran, was noch kommen würde.

Der Hass der Frau auf das Mädchen war groß, so dass das Mädchen nicht mit ihr weiterleben wollte, wenn ihr Vater nicht mehr war. Ihre Mutter wartete schon auf sie und wollte sie unter allen Umständen wieder bei sich haben. Da sie ihre Mutter vor einem Jahr verlassen hatte, weil sie es nicht mehr aushielt. Jeden Tag das Geschimpfe und Gestreite der Mutter mit ihren Brüdern. Die Mutter war sehr streng und unnachgiebig. Sie wollte sie unbedingt in eine Lehre packen, die sie aber nicht wollte. Sie wollte etwas anderes, keiner fragte danach, nur ihr Vater. Deshalb, und nicht nur deshalb, war sie zu ihm gegangen. Doch auch hier ahnte sie nicht, dass es noch schlimmer kommen könnte.

Sie lebten in Armut dort in diesem Haus, das nicht ihm gehörte und dessen Miete er nicht bezahlen konnte. Die Hilfsorganisation, für die er als Pressesprecher arbeitete, hatte er aus solidarischen Gründen verlassen zusammen mit dem gesamten Team. Danach war Schluss. Er hatte nichts mehr! Und dass er krank war, wusste nur er selbst. Niemand anderer wusste, dass er todsterbenskrank war. Sie war so jung und glaubte, er würde immer da sein. Er würde jeden Morgen mit ihr zusammensitzen, er auf der Bettkante, frisch rasiert, im weißen Hemd, wie immer, sie auf einem alten Stuhl aus Holz ihm gegenübersitzend, rauchend, diskutierend, tagtäglich allmorgendliches Ritual zwischen den beiden. Wenn irgend möglich, gingen die beiden in ein hübsches kleines Kaffee, kratzten die letzten Pfennige zusammen und unterhielten sich dort. Wie sie das genossen, sie hatten sich viel zu erzählen. Nie ging ihnen der Stoff aus.

Der Tod war für sie zu abstrakt, nichts, was sie tatsächlich begreifen konnte oder wollte. Warum auch? Sie wusste nicht, dass einer sterben könnte und auch nicht, was Abschied bedeutete. Doch nun war es soweit! Jetzt wusste sie, sie müsse handeln, war wie betäubt und nicht sie selbst. All ihr Handeln geschah wie in einem Traum, einem Alptraum. Sie wusste auch nicht, was es bedeutete, dass ihr Vater sein Leben gelebt hatte, dass er es gelebt hatte, gut oder schlecht, und dass es nun vorbei sein würde.

Nein, das war noch nicht das Schlimmste. Und nun das Schlimmste. Ihr Vater stellte sie vom Totenbett aus zur Rede. Die Frau wäre bei ihm gewesen und hätte sich sehr aufgeregt, weil das Mädchen, sie, seine Tochter, alles mitgenommen hätte und einfach weg wäre. Die Frau muss ihn, das konnte sich das Mädchen schon vorstellen, denn allabendlich hörte sie es mit, erheblich bearbeitet haben. Sie stammelte nun irgendeine Erklärung, die sie sich, voller Schuldgefühle, aus der Situation heraus, ausdachte. Es klang, darüber war sie sich im Klaren, nicht sehr plausibel. Doch sie vermied unter allen Umständen, ihm von seinem nahenden Tod zu erzählen. Sie wagte es nicht, denn dies war zu endgültig. Sie schämte sich so sehr, dass sie etwas getan hatte, was ihren Vater gegen sie aufbrachte. Sie hatte es ja auch nicht allein getan. Ihre Brüder hatten ihr geholfen und alle ihre Bedenken nach Bruderart zu Seite geschoben und gesagt, "es gehört dir, er wird bald sterben". Sie akzeptierte das und so war es geschehen.

Nach diesem Gespräch hatte sie sich nie wieder getraut, mit ihrem Vater zu sprechen. Wenn sie ihn besuchte mit der Mutter und den Brüdern, setzte sie sich weitab als Letzte von allen, weit weg von ihm. Doch niemals ließ sie ihn aus den Augen. Sie schaute, ob er nach ihr schaute, ob seine Blicke nach ihr suchten, um ihr vielleicht etwas zu sagen. Ein Wort der Befreiung ihrer Schuld, ein Wort des Abschieds? Die Krankenschwester kam herein und fragte: "Wollen Sie noch eine Morphiumspritze, ja?" Er nickte und hauchte ein "Ja", da wusste sie, der Elefant war zusammengebrochen, er war nun schwach. Insgeheim war sie wütend darüber. Auch das machte ihr große Schuldgefühle. Danach ging sie nie wieder hin zu ihm und überließ der Frau die Szenerie. Und von nun an wartete sie täglich auf die Nachricht aus dem Krankenhaus. Es musste ja jeden Tag soweit sein. Und sie sehnte sich danach, dass es bald vorbei sein würde. Für sie, für ihn, für alle. Es zerriss ihr das Herz geradezu, dass sie nichts mehr tun konnte, nichts mehr sagen. Sie wusste auch nicht wie, sie hatte keine Ahnung, wie sie gegen diese Mauer des Schweigens ankommen könnte, wie sie den Hass, die Ablehnung der Frau, die ihn vermutlich noch besuchte, durchbrechen, überwinden konnte und statt Schuldgefühle zu haben, sich zu verabschieden. Sie wusste auch nicht, dass sie dieses Nichtwissen ihr Leben lang mitnehmen würde und der wissentlich Sterbende ihr einen Abschied schuldig wäre.

Das war das Schlimmste.

Frohe Ostern oder Der Hammel

Der Wind blies ihr kräftig um die Nase als Helga mit ihren schweren Einkaufstüten nach Hause lief. Der Regen nieselte noch, es sollte aber bald so richtig herunter prasseln. Gottseidank hatten sie für den morgigen Freitag besseres Wetter vorhergesagt. 'Schnell nach Hause!', dachte sie. Es war nicht einfach, all die Kleinigkeiten für das österliche Menü zu besorgen. Den Hammel hatte sie bei der Metzgerei Zeisig für Samstag bestellt. Das müsste schon klappen. Es war sehr frisch auf dem Nachhauseweg, auch wenn es eigentlich schon Frühling war, doch der wollte nicht so recht kommen. Viel Zeit hatte sie auch nicht neben ihrer Arbeit an der Uniklinik, wo sie als Assistentin von Professor Melke den ganzen Tag im Büro schuftete. Da war im Moment viel zu tun, die Psychiatrie war um die Feiertage herum noch mehr überlastet als sie es sonst schon war. Helga machte sich Mut, raffte die Tüten in beiden Händen zurecht und ging, während sie lief, in Gedanken die Gästeliste durch. Sie stellte sich vor, wie sie das Menü gestaltete und überlegte, wo sie die Blumen für den Ostertisch besorgen würde.

Zu Hause angekommen, stellte sie ihre Einkäufe auf die Anrichte und hängte schnell den Mantel an den Haken. Dann packte sie fröhlich singend alles in die Schränke, die sich zum Bersten füllten. "Das war's.", sprach sie vor sich hin. 'Nun ist's Zeit für ein Tässchen Kaffee und noch mal das Menü durchgehen. Bloß nichts vergessen.' Die kleine Kaffeepause wurde schrill vom Klingeln des Telefons unterbrochen. "Hallo Bertram! Schön, dass Du anrufst. Gerade habe ich daran gedacht, wie wir das wohl mit dem Hammel machen... Ich denke, dass ich es Samstag nicht schaffen werde, ihn abzuholen. Der Hausputz ist noch nicht fertig und für das Menü am Samstagabend muss ich eine Menge vorbereiten. Außerdem muss für das Sonntagfrühstück alles vorbereitet sein, damit wir wieder mal Zeit für die Familie haben.", sprach sie und nahm einen flüchtigen Schluck ihres Kaffees, war jedoch zugleich dabei, Block und Stift zu holen für ihre Notizen. Bertram antwortete: "Gut, ich kann ja Samstagmorgen beim Metzger vorbeigehen und ihn (den Hammel, E.H.) abholen bevor ich zu Dir komme." Das war ein guter Vorschlag. "Ja, mach das, dann muss ich mich nicht so arg hetzen und obendrein ist das Ding ganz schön schwer."

Bertram wird den Hammel also auch bezahlen, wenn er ihn schon abholt. 'Das ist nur gerecht!', dachte sie. 'Männer haben nicht nur mehr Muskeln als Frauen, sie verdienen auch meist mehr Geld als wir, deshalb können auch sie und nicht wir Frauen mehr einkaufen, auch wenn es meist fälschlicherweise anders herum behauptet wird. Eine echte Benachteiligung, nicht wahr?' Sie freute sich, dass sie gleich zwei Vorurteile gegen Frauen reflektiert hatte und fing wieder an, ein Liedchen zu summen und ihren Vorbereitungsplan genauestens zu prüfen. 'Bloß nichts vergessen.' wiederholte sie sich. Sie wollte alles perfekt gestalten, hatte diesen Anspruch der Hausfrauen. Kein Stäubchen darf da sein, kein Fussel auf dem Teppich, kein Fleck auf der Tischdecke. "Oh, die Blumen!" rief sie, mit der Hand schlug sich Helga gegen die Stirn und griff nach dem Telefon. "Hallo Bertram! Bitte bring doch, wenn du den Hammel holst, auch gleich ein paar Blumen mit. Du weißt, schöne gelbe Osterblumen, einen Strauß für den Tisch. Am besten gehst du zu dieser kleinen Blumenhandlung neben dem Gemüsehändler, du weißt schon." Sie legte auf und sah wieder auf ihre Aufgabenliste, strich den Punkt 'Blumen' durch.

Nachdem sie Freitag nach der Arbeit noch einige letzte Besorgungen erledigt hatte, entschied sie, früh schlafen zu gehen, um am nächsten Morgen ausgeruht an die restlichen großen Vorbereitungen zu gehen. Sie konnte jedoch nicht gut schlafen, ihre Nachbarin polterte bis spät in die Nacht und als endlich Ruhe war, drehte sie sich von einer Seite auf die andere. Die Nachbarin war eine junge Künstlerin, die nachts aktiv wurde und in ihrer Wohnung schaffte, da sie tagsüber schlief. Trotz wiederholter freundlicher bis weniger freundlicher Bitten blieb diese völlig unberührt ob der Tatsache, dass es Menschen gibt, die Tags schafften und abends und nachts ihre Ruhe bzw. Ihren Schlaf brauchten. Sie tat das auch am Wochenende, denn eine 'normale' Woche kannte sie nicht. Da denkt man nichts Gutes, auch gegen den eigenen Willen.

Helga zog es im Allgemeinen vor, für sich zu sein. Nichts brachte sie so sehr aus der Bahn wie derartige Festivitäten. Doch dieses Mal wollte sie sich nicht lumpen lassen, denn normalerweise wurde sie von ihren Freunden und Verwandten eingeladen. Dafür wollte sie sich an diesem Osterfest revanchieren und ihrer Familie und einigen ihrer besten Freundinnen etwas Besonderes bieten. Zudem mochte Bertram gerne Gäste im Haus. Sie und er wohnten zwar nicht zusammen, sahen sich aber mindestens am Wochenende, und, wenn es ging, auch unter der Woche. Bertram wohnte außerhalb der Stadt in einem hübschen Einfamilienhaus, das er allein bewohnte. Seine Frau zog nach der Scheidung mit den beiden Kindern aus. So einfach verkaufen konnte er das Haus nicht, für derartige Immobilien gab es nicht annähernd einen angemessen Wert und er mochte sein Haus auch recht gern. Helga konnte ihm das nicht verübeln. Sie selbst zog es vor, in der Stadt zu bleiben, da sie sich ein Leben auf dem Land nicht vorstellen konnte, obendrein konnte sie die Uniklinik binnen zwanzig Minuten zu Fuß erreichen. Das war schon sehr praktisch, kein Auto zu brauchen. Bisher ließ sich ihre Beziehung ganz gut organisieren, aber irgendwann müsste es eine für alle perfekte Lösung geben, 'nur, welche'? Gar ein Ende ihrer Beziehung? Helga schauderte es, das wollte sie auf gar keinen Fall.

Apropos 'perfekt': Samstagmorgen stand sie bereits sehr früh auf und legte, ohne zu frühstücken los. Sie putzte, reinigte die Teppiche, wischte Staub, die Fenster hatten es dringend nötig und auch die Türen. Nachdem sie das Bad fertig hatte, ging sie in die Küche. 'Oh, mein Gott, hier ist allerhand zu tun', dachte sie bei sich. 'Wo fang ich nur an?' Nach kurzer Verzweiflung und einem entsprechend kurzen inneren Kampf mit ihren perfektionistischen Ansprüchen, machte sie einige kleinere Kompromisse, "einfach, um fertig zu werden", sprach sie vor sich hin. 'Außerdem muss die Küche nicht so super sauber sein, denn hier wird heute sowieso noch gekocht, dann haben wir wieder ein Schlachtfeld.' So machte sie sich an den Rest ihrer Reinigungsarbeiten, es war bereits drei Uhr am Nachmittag. Nach zwei Stunden des Putzens und Räumens war 'das Nötigste', wie sie es nannte, erledigt. Danach machte sie eine kurze Pause bevor sie das Abendessen – und auch sich selbst – vorbereitete.

Als Bertram mit dem Hammel ankam, ging es los mit dem Kochen. Und da geschah das Unglück! Eines, das keiner, besonders Helga, vorausgesehen hat, es aber hätte voraussehen müssen: Der Hammel passte nicht in den Backofen! Dieser war zu klein. "Was machen wir nun, Bertram? Wie kriegen wir das 'Ding' da hinein, um Gottes willen?", entsetzte sich Helga. Bertram schüttelte den Kopf: "Ich weiß es nicht. Keine Ahnung, was tun." Kurzes Schweigen. Beide überlegten, es knisterte im Raum, man hätte den Braten mit der Hitze der Energie eventuell gar gekriegt. "Ich weiß: Wir schneiden ihn mit der Säge in kleinere Stücke, dann legen wir die einzelnen Teile aufs Blech!", Helga hatte die Lösung und sagte gleich drauf: "Bertram, mach du das!", im Imperativ. Er tat es. Und sägte den Hammel kleiner und kleiner, bis Helga sich für eine Art 'Hammelgulasch' entschied.

Um Acht klingelten bereits die ersten Gäste. Nach all der Schufterei war Helga müde geworden und brauchte einen starken Espresso, um für ihre Gäste so richtig fit zu sein. In einem langen schwarzen Abendkleid mit hellgrünem Bolerojäckchen und farblich passenden Schühchen öffnete sie die Wohnungstür und bot ihren Gästen einen Platz im Esszimmer an, das warm und freundlich im Kerzenlicht erstrahlte. Überall standen Leuchter und kleine Kerzenhalter mit Teelichten darin. Was für eine schöne Feier!

Der Kater und sein Frauchen oder Die vermeintlich Einsame

„Ja, Herr Hempelmann, gerne, jederzeit!", Elena legt den Hörer auf. 'Puh', denkt sie, 'bald Feierabend. Schnell noch überlegen, was ich einkaufen muss.' Sie reißt den Notizzettel ab und beschreibt ein neues Blatt mit ihrer Einkaufsliste. 'Katzenfutter, Trockenfutter, Katzensand, Milch..., was brauch ich noch?' Sie denkt nach, was sie noch braucht, für ihren Kater Micky hat sie den Einkaufszettel bereits komplett. Doch auch für sich selbst fiel ihr noch etwas ein und nachdem sie noch ein oder zwei Sachen notiert hat, verlässt sie ihren Arbeitsplatz im Call-Center, zieht ihre Jacke an, geht zum Aufzug. Elena arbeitet im sechzehnten Stock des Never-Ever-Unhappy-Persönlichkeitsentfaltungpur-Call-Centers und ist glücklich, dass sie Feierabend hat und nun schnell nach Hause zu ihrem Micky kann. Micky ist ein getigerter, wohlgenährter Kater in recht hohem Alter. Sie beide hatten schon eine Menge erlebt und der Kater hatte immer zu ihr gehalten. Möglicherweise hatte er keine andere Wahl. Wie dem auch sei, sie respektieren sich beide, er kennt sie ganz genau, sie kennt ihn teilweise recht gut.

Sie geht als Erstes zur Zoohandlung, wo man sie kennt und immer aufs Freundlichste begrüßt. Gezielt steuert sie die Ecke mit dem „Allerfeinsten" an, wo es unglaublich viele Sorten Katzenfutter gibt. 'So, was nehme ich denn? Geflügel, Geflügel mit Reis, Nudeln mit Huhn..., Rind, nein, das mag er nicht.' Nachdem sie etwa zehn kleine allerfeinste Dosen in ihren Einkaufkorb gepackt hat, richtet sie ihren Blick auf das Trockenfutter, das

„Medicalstuff" mit Huhn, das er besonders mag. Auch das landet im Korb. 'Wie wär's mit einem Leckerli? Ach, nein, er ist zu dick. Ach, das da, das nehme ich, das ist schon okay.' Packt noch zwei kleine Tütchen „Thanks-to-you" ein und freut sich bei der Vorstellung, wie er das wieder verschlingen und sie anschnurren wird.

Micky liegt auf der Couch, als sie die Türe öffnet und noch in der Jacke ins Wohnzimmer flitzt, um ihn zu begrüßen. Eigentlich sollte es ja umgekehrt sein: Er sollte in der Türe stehen, sobald sie diese aufschließt. Das tut er auch manchmal, aber eben nur manchmal. Sie begrüßt ihn mit einem Streicheln auf die kleine Katzenwange und gibt ihm einen leichten Kuss auf die Nase. „Hallo Micky! Na, mein Kleiner, wie war dein Tag? Geht es dir gut? Ich habe dir was Feines mitgebracht." Jetzt zieht Elena ihre Jacke aus, geht in die Küche, um ihre Taschen und Tüten auszupacken, legt ihre Post auf den Küchentisch. 'Die lese ich später, sind alles Rechnungen und Werbung.' Micky hebt seinen großen runden Katerkopf und blinzelt sie mit seinen bernsteinfarbenen Augen völlig verschlafen und freundlich an. Langsam erhebt er sich vom Sofa und wartet, in der Küchentüre sitzend, auf das, was Elena nun aus ihrer Tüte herausholen wird. Elena ruft ihn, woraufhin Micky sich aus seiner abwartenden Position erhebt und elegant mit erhobenem Schwanz um ihre Beine streicht. „Miau" sagt er und blinzelt, was so viel heißt wie: „Gib mir was, ich habe Hunger" oder auch „Streichle mich und gib mir was, ich habe Appetit." Elena versteht Micky in diesem Moment sehr genau, streichelt ihn und holt gleichzeitig einen kleinen Teller aus dem Schrank, um das Futter darauf zu tun. Nun laufen beide zusammen los, Elena mit den Worten: „Komm Micky, Fresschen, es gibt lecker' Fresschen" und Micky, mit erhobenem Schwanz, schnell vor ihr herlaufend, er läuft immer vor, erwartungsvoll in Richtung Essensplatz-des-Katers-Micky.

Nachdem Micky nun versorgt und zufrieden am Fressen ist, kann Elena in Ruhe ihre Post öffnen und sortieren, wie jeden Abend. Dann wird auch sie sich ihr Abendessen zubereiten und einen gemütlichen Abend mit Micky verbringen, Nachrichten schauen, dann vielleicht einen Krimi ansehen, 'was wirklich toll wäre'. Elena liebt Krimis, und ihren Kater. Sie gibt ihm Kosenamen wie „kleiner Tiger", „Sahnebonbon", „mein Glückstern" und „Morgenröte", weil er so herrlich rot leuchtet. Tatsächlich ist es eine Mischung aus rot-orange und ockergelb oder besser: bernsteinfarben. Oh, wie sie diese Farben liebt, sie liebt sie, seit sie ihn täglich vor Augen hat. Micky lebt bereits seit seiner zwölften Lebenswoche bei ihr. Damals war er voller Flöhe, als er bei ihr ankam. Und wie sie sich freute über ihn! Sie hatte bereits eine Katze im gleichen Alter, sie hieß Fini. Ein cleveres Ding, wie sich bald herausstellte. Fini machte, was sie wollte. Sie war eine sehr eigensinnige Katze, selbstbewusst und sehr schlau, was Elena ebenso sehr freute als wenn es anders gewesen wäre. Fini legte keinen großen Wert darauf, dauernd schmusen zu wollen, sie war eben keine Schoß- und Schmusekatze. Oft, wenn Elena nach Hause kam, fand sie Federn im Kreis liegend auf dem Boden, was deutlich darauf hinwies, dass Fini selbst für ihr Essen gesorgt hatte. Fini konnte jagen, ohne eine so genannte Freigängerin zu sein. Sie ließ es sich nicht nehmen ein selbstbestimmtes Katzenleben zu führen, auch wenn es nicht unbedingt so vorgesehen war. Fini behandelte Elena immer rührend und leckte ihr die Hände, ließ sich gerne streicheln, sofern es ihr nicht zu viel wurde und hörte auch, wenn Elena ihren Namen rief.

Fini saß Winters wie Sommers auf dem Balkon und wartete hinter einem kleinen Schemel versteckt ab, ob sich ein Vögelchen verirrte. Wenn es dies tat, dann sprang sie zielsicher aus dem Stand hoch und fing es mit beiden Vorderpfoten. Den Rest erspart man sich besser, es sei denn, man wäre selbst eine Katze. Das war Fini. Und Micky mochte sie so sehr. Beide verbrachten viel Zeit miteinander, putzten und rauften sich. Nach jeder Rauferei flogen Teile von Katzenfell, rot und weiß, Fini war weiß, über den Teppich. Micky erhob die Chefposition und Fini war schlau genug, sich im richtigen Augenblick zu entfernen und einen eigenen Ruheplatz zu suchen, von dem sie wusste, dass Micky wusste, dass sie seine Position nicht in Frage stellte und Micky war's zufrieden. Fini legte sich zumeist aufs Klavier, auf den geschlossenen Tastendeckel, und streckte sich dort lang ohne Micky aus den Augen zu lassen, der jederzeit wieder angreifen konnte. Doch der schlauen Fini war klar, dass der runde Micky es nicht schaffen würde, aufs Klavier zu springen. Sie war ihm um einiges voraus. Fini starb als sie dreizehn war an einem Virus. Ob sie diesen von einem Vogel hatte oder sonst woher, war niemals herauszufinden gewesen. Elena ließ Fini verbrennen und kaufte eine weiße Urne, die schlank und elegant war, ein bisschen wie Fini. Einen Teil ihrer Asche verstreute sie in einem kleinen wilden Bach und teils auf einer Blumenwiese, damit sie frei sein würde. Sie trauerte sehr um ihre schlaue Schönheit.

Sie trauerte auch, als ihr Liebster sie vor vielen Jahren verließ. Die Trennung war unausweichlich. Elena war sich im Klaren, dass diese Liebe ein Ende haben würde und akzeptierte es. Sie wollten Kinder und mindestens bis zur Rente, was ewig dauern würde, zusammenbleiben. Eine an Eides statt erklärte Liebe durch eine verfrühte Frist beendet. Einfach war es nicht für Elena als er ging. Doch irgendwie war sie auch froh. Irgendwie befreit. Es ließ sich nicht so recht sagen was es war. Er ging und weinte, gleich zu einer andern, sie blieb und war allein. Nun fing sie ein neues Leben an, ihr neues Leben. Vieles, was sie noch nicht erlebt hatte und wovon sie träumte, wollte sie schnellstens wahr machen. Und sie tat es, mit aller Kraft. Sie tanzte und traf ihre Freundinnen, fing an mit dem Malen. Es dauerte nicht lange, als ein neuer Mann kam und sie sich auch in ihn verliebte. Als das zu Ende war, es ging ziemlich schnell, hatte sie an sich nichts verloren und hörte auf, zu suchen. Doch ihr neues Leben ging weiter und sie änderte noch eine ganze Menge darin.

Einzig und allein nichts änderte sich an ihrer Liebe zu Micky und er nichts an der Liebe zu Elena. Micky blieb bei ihr und Elena blieb bei Micky. Elena strich über Mickys Katzengesicht mit all den Tigerstreifen und tätschelte seine bernsteinfarbene Nase. „Ach, da schau einer an, du hast ja sogar schwarze Barthaare, mein Kleiner." Es gibt immer wieder etwas zu entdecken, sie kannte ihn noch lange nicht, das wusste sie. Micky ließ sich streicheln und loben und schnurrte wohlig, während sie ihm bewundernde Worte zuflüsterte. Elena grinste ihn an und blickte auf die weiße schlanke Katzenstatue auf ihrem Vertiko: Hierin drinnen war ihre Fini, bei ihr, auf ewig.

Sylvester oder Die Entscheidung

Sie hatte es satt. Einfach satt. "Den Schein in Literatur für dieses Semester kannst du vergessen", sagte Laura. "Dieser Kerl vögelt dir noch das Gehirn raus, vergiss es einfach!" Laura hatte ja Recht. Sie hatte ihn über das Internet kennengelernt und sich auf ihn eingelassen, obwohl sie nicht in ihn verliebt war. Sein brillanter Verstand und seine Art zu reden hatten ihr imponiert. Außerdem: Im Bett ist er einfach göttlich! Und er wollte sie, andauernd, mehrmals am Tag und an jedem verdammten Ort.

Sie nagte an ihrem Kuli und sah auf den Martini – nein, nicht das Getränk, sondern "Deutsche Literaturgeschichte, Stuttgart, 1991, 19. Auflage) und wieder auf das leere Blatt. Ein leeres Blatt, so leer wie ihr Kopf. Hohl. Nichts. Jeder Versuch, den Text zu lesen, Relevantes zu unterstreichen, mit Bleistift versteht sich, und themenbezogen zu verarbeiten, scheiterte unwillkürlich, just in dem Augenblick, nachdem sie einen Satz gelesen hatte. Lesen, unterstreichen und weg! "Jaja, Laura, für heute kann ich es wohl vergessen. Das wird so nix." Pause. Dann weiter: "Seine SMS von vorhin hat mich total aus dem Tritt gebracht." Er hatte einen Bildertext geschickt mit Mond und Sternen – wie romantisch – und dazu unmissverständlich durchblicken lassen, wonach ihm jetzt wäre. "Außerdem werde ich morgen David treffen." Laura kopfschüttelnd. War das nun als Kritik zu verstehen? Dieses Hin und Her. Sie rechtfertigte sich: "Bin neugierig drauf. Ein süßer Typ, vielleicht ein bisschen soft."

David war der zweite Kandidat aus dem Internet, der ihr, unter vielen anderen, gefiel. Seine erste E-Mail hatte sie einfach köstlich amüsiert, besonders sein leicht gebrochenes Deutsch machte ihn sympathisch. Sie trafen sich auf dem Campus und tranken in der Cafeteria das gegenwärtige Kultgetränk Latte Macchiato. David ist Engländer mit leicht abstehenden Ohren und superhöflich. Nicht unbedingt unbeholfen, aber er braucht sozusagen etwas Nachhilfe. David ist niedlich, irgendwie zum fressen. Er studiert hier deutsche Literatur für ein Semester. Außerdem bewirbt er sich für ein weiteres Auslandssemester. Gut!

Der andere Typ hatte sie bereits für Sylvester zu sich eingeladen, doch sie wollte es nur mit dem Menschen feiern, mit dem sie sich vorstellen konnte, auch den Rest des bevorstehenden Jahres zu verbringen. Ergo hatte sie ihm noch nicht zugesagt. Das Dilemma mit David war, dass er noch kein Wort über Sylvester verloren hatte und sie hoffte doch sehr, er würde sie einladen. Dann wäre die Sache klar. Für sie jedenfalls. Sie wusste ja nicht einmal; ob David was von ihr wollte. Sie müsste ihn einladen, vielleicht ... Oh, sie hasste Absagen! Nur die geringste Wahrscheinlichkeit einer Absage ließ sie innehalten. Lieber abwarten.

Sie nippte an ihrem Latte Macchiato und beäugte David von der Seite. Wie David wohl küsst? Sensitiv-sanft oder wild-fordernd? Ob diese distanziert höfliche Spezies von einem Mann auch aus Leidenschaft völlig die Fassung verlieren und ihr frech lachend den Hintern tätscheln könnte? Naja, oder eben woanders hin, dachte sie. Ob seine Hände, zitternd vor Geilheit, über ihren

Körper streichen, von oben bis unten tastend, angefangen mit zärtlichem Streicheln der Brust bis runter zur Innenseite ihrer Schenkel, kaum noch aufzuhalten, wechselnd wild und soft mit seinen breiten, starken und dennoch einfühlsamen Händen … "…und der Professor meinte, die Ansätze meiner Arbeit seien nicht übel, nur der grammatikalische Ausdruck müsste ich noch verbessern. Ich werde daran, wie sagt man auf Deutsch, feilen." Ach, sein gebrochenes Deutsch, diese Stimme, oh, David ist sexy! Das ist wie Sahnetorte in der Sonne: süß, superb, zum Schmelzen, und trotz dieser – unbelievable – Zartheit extrem gehaltvoll, isn't it? Wieder zurück in der Realität, antwortete sie: "Klar David, ich werde dir gerne dabei helfen, wenn du möchtest. Ich bin morgen Nachmittag in Hörsaal IV. Wir könnten uns dort treffen und du bringst deine Arbeit mit, o. k.?" „Yes, Sugar! Treffen wir uns um Vier." Ein Kuss auf die rechte Wange und David ging zu seiner Vorlesung bei Professor Nöll.

Wieder alleine und grüblerisch kam Laura auf sie zu und klopfte ihr auf die Schulter: "Hi! Alles o. k. soweit?" Abcheckender Blick. Sie schüttelte den Kopf. Piep piep piep! "Mist!", fluchte sie, las die SMS. "Er schreibt, dass er platzt, wenn er mich nicht bald treffen könne." Nachdenklich murmelte sie: "Ist ja klar, dass ich eine Entscheidung treffen muss. Und zwar bald!" Bestätigendes Nicken von Seiten Lauras. "Die Faszination, die er ausübt, reicht nicht aus, ihn zu lieben und ihm falsche Hoffnungen zu machen. So ist das eben!" Wieder nickte Laura.

Eigentlich dürfte es doch ganz leicht sein. Sie hatten am Anfang abgesprochen, dass sie es versuchen wollten. Sie war sich noch nicht im Klaren, was sie von diesem Mann wollte. "O. k., versuchen wir's!", hatte sie geantwortet. Sie handelte mit dem Verstand statt auf ihre Intuition zu achten. Warum? Weil sie ein fantastisches Talent hat, immer den Falschen zu wollen. Dieses Mal sollte es der Richtige sein. Darum. Es schien, objektiv betrachtet, alles fast perfekt: Er hatte einen super Job, sorgte vorbildlich für seine kleine Tochter, war sehr gebildet und auch sonst war alles Bestens. Er hatte sie in seinen Freundeskreis eingeführt, war ein liebenswerter Gastgeber und beeindruckender Mann, alles in allem. Nur irgendetwas fehlt: Sie konnte sich nicht in ihn verlieben und vor allem: Sie traute ihm nicht so recht. Vier Wochen waren kurz, aber auch lange genug, um zu wissen, dass sie es nicht wollte.

Noch haderte sie mit sich selbst, sie kannte ihre Beziehungsängste. Sogar Selbstzweifel nahm sie in Kauf. Sie holte tief Luft und gab sich einen gehörigen Ruck. Konsequent die Sache durchziehen. Dann schrieb sie ihre Message: "Versuch leider missglückt. Ich wünsche dir alles Gute. Adieu!".

Ein Gefühl der Erleichterung fuhr wie eine Welle wohliger Wärme durch ihren Körper. Sie fühlte, wie Energie in jede ihrer Körperzellen floss. Ein sau-gutes Feeling! Jetzt war es ihr völlig gleich, ob der andere sich noch mal meldete oder auch nicht: Schluss ist Schluss, und basta!

Sie sah auf ihren Schreibtisch, fixierte den Martini – schon bekannt – und nutzte die frei gewordene Energie unverzüglich für ihre so wichtige Seminararbeit. Abgabetermin war schon übermorgen! Sie las, unterstrich und verarbeitete die Information, vorab perfekt gegliedert, geradewegs in ihren Rechner. Sie schrieb über die Dichtung im Zeitalter des Barock, zum Beispiel Martin Opitz (1597-1639), der sich insbesondere dem holländischen Humanismus gewidmet hatte und kam vom grüblerisch-gläubigen Jakob Böhme (1575-1624), dessen Schriften in viele europäische Sprachen übersetzt wurden, zu den Dramatikern der Lyrik wie Andreas Gryphius (1616-1664): "Die Herrlichkeit der Erde//Muß Rauch und Asche werden,//(...)" und Grimmelshausen (1610 oder 1625-1676). Trotzdem noch bester Stimmung, bearbeitete sie die Tastatur mit leichter Hand und großer Selbstzufriedenheit.

Schlussendlich, der Ausdruck ihrer Arbeit und fertig. '18 DIN A 4-Seiten immerhin', seufzte sie tief. Ihre dunkelgrünen Augen glänzten und strahlend wie ein vor sich hin glucksendes Baby, nahm sie ihr Handy und schrieb: "Hi David! Sag mal, was machst du eigentlich Sylvester?"

Die Party oder Der Partyschreck

Schnell noch den Kajalstrich ziehen, erst auf das linke, dann auf das rechte Unterlied, gleich noch die Lippen rot umranden und rötlich glänzenden Lipgloss auftragen, fertig! Mein Blick in den Spiegel macht mich zufrieden: Ich sehe gut aus! Jetzt aber zack zack, ich bin schon spät dran, mein heimlicher Freund, dessen Name hier nichts zur Sache tut, mein Grund zum Fremdgehen, wie es so hübsch hässlich heißt, wartet schon auf mich.

Wir haben uns während eines Schulungsseminars kennengelernt und ich fand ihn total sexy. Wir sind abends mit ein paar Leuten aus dem Seminar ins Bistro gegangen, da ist es passiert, verliebt. Ich bin nicht für Heimlichkeiten und eigentlich für die wahre und treue Liebe, aber ich bin auch eine Suchende mit dem immerwährenden Gefühl, nicht fündig geworden zu sein. Ein persönliches Manko wahrscheinlich, möglicherweise. Ich bin jung und handele einfach so. Moralisten sind mir ein Greul und unehrlich.

Heute gehen wir auf die Party von Korinna, die mit den Leuten vom Seminar und ein paar anderen noch, ihren Geburtstag feiern will. Eigentlich mag ich Korinna nicht, sie ist nicht sehr feminin, eher das Gegenteil, und hat ihr Leben nach strengen Regeln angelegt. Ich weiß, dass sie früher viel Mist gebaut hat, mit Drogen und Männern und jetzt will sie alles wieder gut machen oder so ähnlich. Das macht sie sehr hart. Ihr Gesicht verrät, dass sie ein hartes Leben lebte und ihre Gesichtszüge sind nicht weicher geworden durch die Veränderung. Auch ist sie eher so ein Kumpel-Typ, was ich persönlich ablehne.

Wir treffen uns bei ihm. Er begrüßt mich kurz und nicht sehr liebevoll, ein flüchtiger Kuss auf die Wange, kein besonderer Blick oder eine wärmende Hand, keine Umarmung. Ich verdränge es sofort, das instinktive Gefühl der Ablehnung. Es muss wohl so etwas wie Ablehnung sein, doch selbst wenn, wird es im Laufe des Abends sicher wieder vergehen. Außerdem neige ich zur Eifersucht und bin meiner Selbst nicht immer so sicher, ich schöpfe die Hoffnung, dass er mir heute noch helfen wird, meine Unsicherheit zu überwinden. Ich hätte gerne Spaß, aber ich weiß nicht, ob es wirklich um Spaß geht. Vielleicht geht es nur um die eine oder andere liebevolle Bestätigung, die mir meine eigene innere Leere nimmt. Schnell verwerfe ich den Gedanken. Ach was, ich bin halt eine Narzisstin, doch schon, das bin, trotzdem ein liebenswerter Mensch.

Bei Korinna angekommen, klingeln, freundliche Begrüßen, Küsschen links, Küsschen rechts. Und ihre Wohnung ist, wie ich es erwartet hatte: einfach eingerichtet, Schreibtisch, Bett, Tisch, Stühle und überall Kissen, um es sich auf dem Boden bequem machen zu können. Ich registriere Salatschüsseln und Baguetten auf dem Tisch, Weinflaschen, weiß und rot, Wasser und Bier und der obligatorische Apfelwein. Eine ordentliche Portion Knabberzeug befindet sich auch dort und reizt mich wenig. Die meisten Leute sind schon da, die kleine Bude ist voll und es wird schon heftig geschnattert in allen Ecken und auf allen Kissen. Kleine Grüppchen haben sich gebildet, ich finde dennoch, wenn auch ungern, ein oder zwei Gesprächspartnerinnen. Korinna und Melanie erzählen mir irgendetwas, ein paar Weisheiten aus ihrem Leben, die ich sofort vergessen habe, somit kann ich sie hier auch nicht wiedergeben, was sicher kein Fehler ist.

Er sitzt mir gegenüber, die beiden anderen rechts von mir. Meine Tasche und den Schlafsack, den ich vermutlich brauche, da ich wegen der Weintrinkerei dort schlafen werde, habe ich im Nebenzimmer verstaut, in welches sich bereits einige Leute verzogen haben, sei es, um sich über sehr Persönliches zu unterhalten oder um zu knutschen. Sie scheinen, wie ich, nicht sonderlich an dieser Party interessiert zu sein.

Ich halte den Diskussionen über dies und das stand und öffne mich, erzähle über meine Familie, meinen Ehemann und meine beiden Kinder. Korinna greift mich verbal an: "Wie kannst du das moralisch verantworten, dass du hier mit ihm bist? Hast du deinem Mann gegenüber kein schlechtes Gewissen?" Ich suche nach Worten, ja, ich habe ein schlechtes Gewissen, versuche es gerade zu überwinden. Das gebe ich nicht zu, verteidige mich deshalb: "Wieso sollte ich ein schlechtes Gewissen haben? Es ist nun mal passiert, ich habe doch auch ein Recht zu tun, was ich möchte. Wieso willst du das wissen?" Rechtfertigen und austeilen, besser, ich hätte gar nicht geantwortet, besser, ich wäre gegangen. Mein Gegenüber sitzt da, ich schaue zu ihm, in der Hoffnung, dass er mir hilft, aber auch er ist, im Grunde seines Herzens und obwohl er anders handelt, ein Moralist und Spießer. Ich bin überzeugt, er würde seine Frau, wenn er eine hätte, was paradox klingt und ist, denn ich bin ja eine Frau, niemals betrügen, oder doch?

Die Diskussion artet in persönliche Beleidigungen aus und mein schlechtes Gewissen ist größer geworden und meine Empörung darüber, mich rechtfertigen zu müssen, auch. Schnell gehe ich ins Nebenzimmer, denn mein Gegenüber ist mittlerweile verschwunden. Ich suche ihn dort. Und ich finde ihn dort. Er unterhält sich mit einem weiblichen Partygast, was meine Stimmung nicht bessert. Als er aufschaut, sieht er mich kurz an und führt sein lebhaftes Gespräch in seiner ihm typischen pastoralen Haltung mit der anderen mir nicht unbekannten Frau weiter. Ich gehe wieder raus, fühle mich elend und verloren. Es klingelt an der Tür und ich öffne, da der Rest der Partybesucher einschließlich der Gastgeberin beschäftigt ist. Da stehen ein paar Typen in der Tür, die ich besser nicht rein lassen möchte, aber sie tun so, als wären sie eingeladen. Meine Gastgeberin hat damit kein Problem, als ich ihr mitteile, dass jetzt weiterer, jedoch mir völlig unbekannter Besuch in ihrer Wohnung sei. Sie will immer noch mit mir über ihre Moralvorstellungen sinnieren, ich aber nicht und widme mich den neuen Besuchern. Einer von ihnen, es sind insgesamt drei, ist verschwunden. Die beiden anderen sülzen irgendeinen Unsinn, mit dem ich thematisch nichts anfangen kann.

Plötzlich sagt jemand: "Achtung, ich glaube, die beklauen uns! Schaut mal nach euren Taschen." Ich nehme das nicht so ernst und schlendere ins Nebenzimmer zu meiner Tasche, suche mein Portemonnaie. Und tatsächlich: Kein Geld mehr drin! Viel war es nicht, schlimmer aber ist etwas, das mich fast hysterisch werden lässt: Ich suche den Ring meiner Oma, den ich seit langem immer mit mir trage. Er soll mich schützen und dient mir als Talisman. Er ist weg. Der Goldring mit dem Smaragdstein! Ich krame alles ab, nichts. Eine tragische Wendung. Ich will gehen. Mein Grund zum Fremdgehen hat mittlerweile auch die Nase voll von der Party und wir gehen gemeinsam. Aber ich weiß: Wir sind nicht mehr zusammen und lasse mich nach Hause bringen.

Am nächsten Morgen fühle ich mich noch mieser, weil der Wein nicht nur billig, sondern auch zu viel des Guten war. Zuviel des Guten von allem, denke ich. Weder der Wein, die Gesellschaft noch dieser Typ sind mir gut bekommen. Und, oh Schreck, mein Ring fällt mir wieder ein: Ich muss noch mal suchen. Wieder krame ich in meiner Tasche, leere sie, suche in meinem Portemonnaie jedes Eckchen ab, während ich vor mich hin fluchte, was ich doch für eine Idiotin bin. Ich bin enttäuscht von diesem Kerl, verärgert und empört über die moralischen Vorhaltungen, die, wie ich meine, nur ich allein mit mir abmachen müsste. Was ist mit seiner Verantwortung? "Was geht die dumme Kuh (Korinna, E. H.) das eigentlich an?", schimpfe ich und krame weiter. Plötzlich, ich schaue tief in den Münzenteil meiner Geldbörse, sehe ich den kleinen Smaragdstein: Er liegt, weit in die lederne rechte Ecke meines Portemonnaies gedrängt, gerade so, als würde er sich vor mir verstecken. Ich nehme den Stein heraus, schaue ihn mir an. Der dünne Goldrahmen ist natürlich weg, war auch nicht viel wert, wenn man an den materiellen Wert denkt.

Mein Smaragdsteinchen, juhu, es ist da! Ich jubele und halte ihn in meiner Hand wie eine Trophäe, meinen Talisman, meinen Beschützer und Glücksbringer. Er ist nicht weg und darauf kommt es an. Ich habe gestern nichts verloren!

Die Handyfrau oder Die gestörte Kommunikation

Meine Gedanken waren bei den Weihnachtsgeschenken, die ich noch kaufen wollte, denn endlich hatte ich das Geld dazu. Es schmerzte ein wenig, meine Goldringe weggeben zu müssen, wenn auch nur auf Zeit. Der Ring mit dem Smaragd, eingefasst in einen Rand kleiner Diamantsplitter, den ich so liebe, und der andere, ein so genannter Freundschaftsring, mit drei sehr kleinen Diamanten und einer Inschrift, die sich mittlerweile erübrigt hat, und das Paar Ohrringe. Ich hatte mal wieder Ebbe im Portemonnaie und bekam wegen der Wirtschaftskrise und des gleichzeitig hohen Goldwertes ein recht hübsches Sümmchen vom Pfandleiher oder besser, der Pfandleiherin. Die Frau dort war sehr freundlich und ich wünschte ihr frohe Feststage wegen des Glücks, das ich doch hatte.

Ich stieg in meine U-Bahn ein und suchte mir einen, möglichst ruhigen, Platz. Mir gegenüber saß eine junge, dunkelhaarige Frau und telefonierte. Sie ist orientalisch geschminkt, also mit Kajalstrich umrahmte Augen, die sehr dunkel sind. Ich dachte, dass sie recht hübsch sei, aber irgendetwas gefiel mir dennoch nicht. Ich schaute wieder aus dem Fenster und ging meinen Gedanken nach, die nur so liefen und liefen. Wieder schnatterte das Mädel vor mir, wie eine Weihnachtsgans, unaufhörlich, schnatterte sie der mir unbekannten Person am andern unbekannten Ort ins Ohr. Es ging, so konnte oder musste ich hören, um einen Hasan. "Er hat gesagt, dass er einen Job hat und ....." auf Deutsch und weiter auf Arabisch, was ich leider nicht wiederholen kann, da mir dazu die Kenntnisse fehlen. Jäh aus meinen Gedanken gerissen, verfluchte ich die Erfindung der Neuzeit, mit der alle und jede alle und jeden nerven durften, obwohl ich mir nicht sicher bin, was wohl wäre, wenn diese andere, mir völlig unbekannte Person an jenem anderen, mir wiederum völlig unbekannten Ort, neben der jungen Frau säße und beide zugleich schnatterten. " Ich habe ihn gefragt, woher er denn so viel Geld hätte, aber dann hat er ...", und weiter auf Arabisch. Ich werde also nie erfahren, was sie vermutete, woher er, vermutlich Hasan, so viel Geld hätte.

Die anderen Leute in der U-Bahn taten unbeteiligt und ich entdeckte den einen oder anderen Orientalen. Ich war nicht sicher, ob es Türken oder auch Araber waren. Die konnten möglicherweise verstehen, was die junge Frau schwätzte, die von ihren Landesgenossen aber absolut keine Kenntnis nahm. Ich vermutete, dass sie nicht daran dachte, einer könnte ihre fremde Sprache verstehen. So fuhr sie in gut verständlichem Ton fort und achtete darauf, ohne mich auch nur anzusehen, ohne mir ein Zeichen mit kurzem Blick zu geben, dass sie darauf bedacht war, dass ich, die ich ihr gegenübersaß und offensichtlich Deutsch war, nicht begreifen durfte, was da denn Sache sei. Dennoch reichte es, um mich neugierig zu machen. Ich vermutete nämlich eine kriminelle Handlung dieses Hasan, tat aber so, als interessierte es mich überhaupt nicht und sah, sofern ich mich konzentrieren konnte, möglichst desinteressiert aus dem Fenster, und das, obwohl wir noch im Tunnel waren. Oh Gott, lass uns endlich nach oben kommen, dann merkt sie nicht, dass ich die Geschichte auch gerne gehört hätte. Noch wichtiger waren mir aber der Ton, in

welchem sie redete und die Unaufhörlichkeit des Sprechens, kaum dass sie Atem holte.

Sie steigerte ihre Konzentriertheit und unglaubliche Tätigkeit in Verbindung ihres Mobiltelefons noch, indem
sie es tatsächlich schaffte, einen Schluck ihres Kaffees
während des Redens mit ihrer vermutlichen Freundin
zu nehmen, den Becher, in welchem sich der Kaffee,
den man riechen konnte und der durchaus angenehm
duftete, befand, mit scheinbarer Sicherheit, mit dem
Zeigefinger und Handteller ihrer rechten Hand zu halten, und sie trank! Noch unglaublicher wurde es, als ich
bemerkte, dass es knisterte, in der U-Bahn ein recht
häufiges und zumeist unangenehmes, weil nerviges Ge-
räusch, und sie in der gleichen Hand, also der Rechten,
mit Daumen und Mittelfinger, eine Knistertüte öffnete
und ein Schokocroissant zum Vorschein kam, von welchem sie ein Stückchen heraus schob, sodass der restli-
che Teil drinnen in der Tüte blieb, um die sie die beiden
schon erwähnten Finger klammerte und in das Crois-
sant biss! Ein Wunder, wie das funktionierte, da sie
nicht beschloss, das Reden, äh, das Telefonieren aufzugeben, sie aß und fuhr also fort zu telefonieren.

Ich staunte! Wie können diese jungen Dinger das? In
meinem Alter spätestens hat man es begriffen: Niemals
mehrere Dinge auf einmal zu machen, das geht doch
schief. Ich habe nun lange daran gearbeitet und bin mit
etwas über fünfzig durchaus in der Lage, auf mein Crois-
sant zu verzichten, wenn ich meine Freundinnen an-
rufe. Früher war das nicht so, und auch heute fragt mich
meine beste Freundin noch: "Was isst du denn Schönes?", was mich doch sehr empört, weil ich gerade mit

der Zunge schnalzte wegen des spannenden Themas, und doch nicht schmatzte und so genannte schlechte Angewohnheiten unterlasse und noch dazu ein höflicher Mensch bin. Ich erinnere mich ausgezeichnet daran, dass ich früher aß, trank und rauchte, weil ich stundenlang am Telefon hing und wir von einem zum anderen kamen und unablässig telefonierten. Dies konnte schon mal bis zum Morgengrauen gehen. Ja, das waren noch Zeiten.

"Morgen wollten wir uns in der Stadt treffen und ich muss noch checken, wie ich ihn wieder loswerde. Hast du...", Deutsch-Arabisch. Sie schleckt die Finger ab, hält ihre Tüte, den Becher und natürlich das Handy. Wir sind oben und ich zwinge mich aus dem Fenster zu sehen und an meinen bevorstehenden Einkauf zu denken. Eigentlich hatte ich vor, etwas zu lesen mitzunehmen. Gut, dass ich das Buch zu Hause vergaß, ich hätte es nicht lesen können. Mein Blick in die U-Bahn enttäuscht mich: Keiner der anderen Fahrgäste nimmt Notiz von diesem Vorgang. Die ganze Zeit hatte ich gehofft, sie würde sich verabschieden und auflegen, dann wäre es wieder ruhiger hier. Zu meiner Enttäuschung tat sie dies nicht. Umso erfreulicher nun, dass sie all ihre sieben Sachen zusammenkramte, natürlich telefonierte sie dabei, und aufstand, sie telefonierte immer noch, und hielt sich mit den zwei restlich verbliebenen Fingern, also dem Ringfinger und dem kleinen Finger an der Stange fest, hielt ihre Tüte und ihren Becher und das Handy weiter am Ohr, redete und redete und stieg aus! Schade eigentlich!

Frau Hühnermeyer oder Die Sekretärin

"Ha-ha-hatschi!" Alle Glieder tun mir weh und mein Schnupfen quält mich mit dauernd laufender Nase, eine Grippe, die meine Körperflüssigkeiten zum Kochen bringt, mir sämtliche Energie entzieht, mich unfähig macht, irgendeinen klaren Gedanken zu fassen und wegen der mein Arzt mich eine Woche, erst mal, krankschrieb. Außerdem grübele ich über meinen Job nach. Ich bin Assistentin, also Sekretärin, um realistisch zu bleiben, und frage ich mich, ob mein Chef sich darüber klar ist, was er an mir hat.

Zugegeben, neulich habe ich seinen Termin im allerletzten Moment eingetragen und es war knapp, aber ich arbeite ständig dran, menschliche Fehler sicher auszuschließen, also eine zuverlässige Assistentin zu sein und ich kann mit einem gewissen Stolz sagen: Es gelingt mir auch, jedenfalls zum größten Teil. Doch ich leide an dieser unbestimmbaren Sekretärinnen-Phobie, nämlich ständig an meiner Arbeit zu zweifeln und somit auch an mir selbst, ständig stelle ich meine Arbeit, meine organisatorischen Fähigkeiten an sich, in Frage. Kein Wunder, denn schließlich muss ich an alles und jeden denken. Die Kolleginnen, die manchmal etwas zickig sind und an Kritik nicht sparen, wenn sich ihnen nur irgendeine Gelegenheit bietet, was umgekehrt natürlich nicht der Fall ist, machen es nicht besser.

Ich bin eher defensiv und gerate des Öfteren in Situationen, in welchen ich mich verteidigen muss gegen die strategisch Denkenden und ebenso Handelnden als auch gegen intrigantes Verhalten. Oft frage ich mich, warum Frauen, die fast alle allein leben und mit beiden Beinen im Leben stehen, es trotz ihrer Emanzipierung von den Männern nicht schafften, ihren uralten Instinkt des Neides und der Missgunst anderen Frauen gegenüber aufzugeben und sich ein bisschen mehr von der Einen oder Anderen abzuschauen, jede hat schließlich etwas, was die andere nicht so toll kann. Das wäre wahre Emanzipation, Frauen raufen sich nicht innerhalb der männlichen Hierarchie, sie solidarisieren sich oder schlichter: Sie benehmen sich wie Menschen. Wenn dies so geschähe, wäre es nicht nur vor lauter Annehmlichkeit kaum noch auszuhalten, es gäbe auch eine neue Entdeckung: Frauen sind auch nur Menschen. Diese Neiderinnen und Missgünstlerinnen vergessen, dass doch immerhin Jede von uns Frauen irgendwie ihre Existenz mit Erwerbsarbeit sichern muss! Ach ja, ich bin wieder mal zu idealistisch, zu gut für diese Welt. "Hatschi!"

Das Telefon klingelt: "Hier ist Töne von der Firma Kläffer & Company aus Oberimmelshausen. Ich wollte Ihnen mitteilen, dass Ihr Auftrag von uns erledigt wurde und Ihre Dachziegel bereit sind zur Auslieferung. Bitte sagen Sie mir, welcher Termin Ihnen passen würde." Eine freundlich klingende "Aber-Gerne-Stimme" am Telefon wartet auf meine Antwort. Ich jedoch verstehe nicht, was dieser sülzend tonierte Herr, mittleren Alters vermutlich, meint und antworte etwas platt: "Ich glaube, Sie sind hier falsch. Ich habe keine Dachziegel bestellt.", bringe die Sache schnell auf den Punkt, hoffend, dass er sich entschuldigt und wieder auflegt, denn meine Nase quält mich und ich schnäuze und schniefe etwas leiser.

"Ich habe doch die Nummer 0 3 3 9 4 8 7 6 6 gewählt. Das muss Ihre Nummer sein!" Verärgert über so viel Impertinenz, entgegen meiner klaren Aussage weiterhin einfach zu behaupten, dass dies meine Nummer sei und ich am Ende falsch liege, ist mir zu viel. Freundlich und gefasst antworte ich: "Es tut mir leid, meine Nummer lautet anders. Sie sind tatsächlich falsch verbunden." Den Rest überlasse ich seiner Intelligenz. Meine Nummer ist annähernd gleich wie die von ihm genannte, aber am Ende muss es eine 'Sieben' sein. "Dann hat mir meine Sekretärin die falsche Nummer aufgeschrieben..." seine Stimme hebt sich, sofern möglich, und ich kann hören, wie verärgert er ist, und dies, ohne nur im Geringsten an sich zu zweifeln oder gar einen Gedanken daran zu verschwenden, dass er sich auf der Tastatur seines Telefons vertippt haben könnte. 'Mit seiner Intelligenz ist es wohl nicht weit her', denke ich. Plötzlich schmerzt es in meinem linken Ohr, als die Töne.., äh, HERR Töne mit lautem Befehlston ruft: "Frau Hühnermeyer!", gleichzeitig den Hörer auflegt. Kein Wort der Entschuldigung. "So ein Rüpel!" Ich ärgere mich. "Dem fehlt wohl die gute Erziehung.", sage ich laut vor mich hin, knalle mein schnurloses Telefon zurück auf den Tisch. Erfreut denke ich, dass mein Chef nicht so blöde ist. Ist er oder ist er nicht?

Nun schimpft er seine Sekretärin aus, die arme Frau Hühnermeyer, die offensichtlich nicht schuld sein kann an seiner Dummheit. Ein kleiner Fehler, viel Getöse. Wie heißt es bei Shakespeare: Viel Lärm um Nichts. Doch dieses 'Nichts' ist großgeschrieben. Der Chef von Frau Hühnermeyer, jener, welcher Ihr Noch-Chef ist und Töne heißt und somit seinem Namen alle Ehre macht, ist nicht nur schlecht erzogen, sondern offensichtlich unfähig, unfähig zu der einfachsten Sache der Welt, außer Pinkeln, zu telefonieren! Wo war ich gerade? Ich setze mich wieder hin und putze meine laufende Nase, während ich mich bestätigt sehe bei dem, was ich schon vorher ahnte und mir fällt vor allem ein, dass es kein Wunder ist, dass der Beruf der Sekretärin ein Frauenberuf geblieben ist, bis auf wenige Ausnahmen, und es wohl auch bleiben wird, sofern man ihn nicht irgendwann sowieso abschafft, was durchaus möglich ist, da auch dieser Beruf mehr und mehr durch Computer ersetzt werden könnte. Allerdings sind Frauen nicht nur Alleskönnerinnen, sie sind auch für jeden Mist verantwortlich. Das ist unersetzlich!

Ich plane eine Gehaltserhöhung, die ist mehr als gerechtfertigt. Bin ich auch klar im Kopf? Das Unwahrscheinliche zu fordern, allein dieses Wort 'fordern'. Ist dies denn eine gute Eigenschaft von Frauen? Wir haben gelernt, nicht oder nur wenig zu fordern, wenn überhaupt, wir opfern uns auf oder hat sich da etwas geändert? Mein Kopf brummt, doch ich zweifele nicht an meinem Verstand, noch nicht. Wie viel soll ich fordern, besser: Wie viel kann ich fordern? Zwischen diesen beiden Modalverben muss ich mich entscheiden: Sollen oder Können. Aber genau das ist es ja: Können. Ich kann was, ich soll auch was, und vor allem will ich was. Ist das überhaupt bezahlbar? Nein, ist es nicht. Ich werde mich über den uns Mädels gesteckten Rahmen hinauswagen und mehr fordern als möglich, aber nicht so viel, wie ich finde, dass ich tatsächlich verdienen würde, also dem, was ich tatsächlich will. Eines will ich vor allem: Erfolg haben! "Ha-ha-hatschi!" Oh, mein Gott, wäre ich doch nur wieder gesund. Da klingelt mein Telefon schon wieder und ich überlege, ob ich nochmals dran gehe. Jedoch, ich tu's, wenn auch widerwillig. "Hallo", sage ich. Keiner meldet sich, vielsagendes Schweigen am anderen Ende. Dann legt sie schnell wieder auf. Ja, sie. Das war bestimmt Frau Hühnermeyer, das sagt mir meine Intuition. Sie drückte zur Kontrolle die Wiederwahl am Telefon ihres Chefs. Nun weiß sie, wo der Fehler lag. Ob sie es ihm sagen wird? Ich habe die Oberimmelshausener Nummer im Display meines Telefons und wähle sie mit der Wiederholtaste. "Firma Kläffer & Company, Hühnermeyer am Apparat." Ich lege auf, schnell.

Der Schlafsaal oder Die einsame Anna

Anna strich über die kleine Knospe der silbrig glänzenden Pflanze, die aussah, wie ein kleiner ovaler Fellknoten und sie an das Fell einer kleinen grauen Katze erinnerte. Sie kniff die Augen fest zusammen und wünschte sich: "Lieber Gott, mach, dass daraus eine Katze wird, bitte, lieber Gott, mach, dass es eine Katze wird". Sie wiederholte ihren Wunsch zum dritten Mal, denn nur dann könne er sich überhaupt erst erfüllen. Sie hielt den Atem kurz an und wartete auf das Wunder. Als es ausblieb, rief sie nach ihrer Großmutter, die sofort kam. "Ja, was ist denn, mein Kind?" "Oma, ich will, dass aus der Eichkatze eine richtige Katze wird." Ihre Großmutter war, wenn nur irgend möglich, immer zur Stelle, wenn Anna sie brauchte. Doch dieses Mal musste auch sie Anna enttäuschen: "Nein, mein Kind, das geht nicht. Wir können keine Katze in der Wohnung gebrauchen." Anna, ihr Bruder und ihre Eltern wohnten unter einem Dach mit der Großmutter. Diese gab keine weitere Erklärung dazu. Anna erwartete dies auch nicht. Sie wusste genau, in ihrem tiefsten Inneren wusste sie es, dass sie nicht durfte, was sie so sehr wünschte. Eine Katze zum Streicheln und Schmusen, eine treue Freundin an ihrer Seite, weich wie Seide, anschmiegsam und stark im Charakter, die einfach tat, was sie wollte, die sich vor nichts fürchtete, doch vorsichtig die Gefahren ausbaldowerte und sie umging. Jedoch noch viel tiefer in ihrem Inneren wusste Anna, dass sie eines Tages eine Katze haben würde. Das stand sowieso fest.

Ihre Großmutter runzelte die Stirn, sah Anna besorgt an und sprach: "Kleine Anna, ich muss dir sagen, dass deine

Mama sehr krank ist. Sie muss in drei Tagen ins Krankenhaus zu einer Operation." Die neunjährige Anna vergaß für kurze Zeit ihre imaginäre Katze und ahnte, dass das nichts Gutes für sie bedeutete. "Ja, Anna, ich habe keine Zeit, weil ich arbeiten muss und die Mama ist auch nicht für lange weg. Du kommst zu anderen Kindern, es muss sein. Sei ein liebes Mädchen und weine nicht." Anna wusste Bescheid. Sie hatte das schon öfter gehört. Es war nicht das erste Mal. Sie wurde wütend und sagte, dass sie nie, niemals mehr ins Kinderheim gehen würde, denn das meinte die Oma. Ihre Mutter platzte in die Diskussion hinein und zischte: "Was ist denn hier los? Anna, du gehst ins Heim und damit Schluss." Annas Mutter ließ kein Zetern und Weinen durch. Was sie bestimmte, war so und Anna hielt ihre ‚Revolution', ihre Wut auf die Mutter, ihre Tränen zurück. Stattdessen schmollte sie in ihrem Innern, das tat sie immer so. Sie tobte innerlich und eines war jetzt schon klar: 'Ich trage keine Schürze.' Das wurde im Heim immer verlangt und Anna war es zuwider, wenn die Mädchen Schürzen tragen mussten. Da sah man ihre Kleidung nicht, noch viel schlimmer: Man sah Anna nicht.

Sie schämte sich, als ihre Mutter sie vorführte vor der Schwester, deren Namen Anna sich nicht gemerkt hatte und sich nicht merken wollte. Ihre ‚Revolution' war in vollem Gange. Nach außen war Anna sehr ruhig, schüchtern, sie wollte mit diesen fremden Tanten in ihren weißen Kleidern nicht reden, sie gar nicht sehen. Sie verstand auch nicht, warum alle das Gleiche anhatten, jede war gleich. Deshalb waren ihre Namen auch egal.

Sie waren niemand, lediglich Frauen in weißen Kleidern mit einer lang, über den Rücken hinunterfließenden Haube. Manche von ihnen waren schwarz gekleidet und ihre Röcke darunter waren alle lang. Anna hatte mit ihren neun Jahren schon viel Erfahrung mit ihnen. Sie hießen Nonnen und guckten immer sehr ernst. Ein Lachen, ein freundliches Wort vermisste Anna nicht einmal, denn sie wusste gar nicht, dass die das konnten. Bestimmt konnten sie es nicht. Das spürte Anna, denn sie fürchtete sich meist vor ihnen.

Jetzt aber fror Anna von innen und außen. Die Nonne schob Anna vor sich her, brachte sie in die Reinigungsräume. Hier gab es Badewannen, Duschen und Waschbecken. Alles war weiß gekachelt. Sie sah einige Mädchen, die unter der Dusche herumalberten, andere die badeten. Es schien für sie selbstverständlich zu sein, jedenfalls ließen sie es über sich ergehen. Annas Badewanne, die schon vorbereitet war, lief gerade voll. Eine volle Wanne wäre interessant, denn Anna kannte das nicht.

Zu Hause hatten sie nur ein weißes Becken in der Küche, über dem weit oben ein Wasserhahn angebracht war mit einem kleinen Gummischlauch dran. Anna putzte sich jeden Morgen in der kalten Küche die Zähne, wobei sie sich warm anzog. Ihre Mutter sagte immer: "Zieh' doch einen Pelzmantel an das nächste Mal." Anna fand, dass ihre Mutter keine Ahnung hatte, wie scheußlich das Waschen dort für sie war.

Die Nonne stoppte den Wasserhahn zu Annas Enttäuschung bereits, als die Wanne gerade zu einem Drittel voll war. Anna musste sich ausziehen und fix ins warme Wasser, das klar und hellblau in der Wanne schimmerte, das Deckenlicht spiegelte sich auf der Oberfläche wider, und Anna beobachtete fasziniert, wie sich kleine Bläschen bildeten auf der Haut, wenn man die Beine rein streckte. Sie wurde gewaschen, musste sich anziehen. Sie gingen nun zum Schlafsaal. Hier gab es ein Fach für ihre Kleidung, ein kleiner Platz für ihre Sachen. Ihr Bett wurde ihr gezeigt, mittendrin in einem Raum mit so vielen anderen Betten. Keine Wand, kein Schrank an ihrem Bett, nicht mal ein Nachttisch. Anna legte ihr Nachthemd aufs Bett. Sie bevorzugte Schlafanzüge, die durfte sie nicht tragen. "Mädchen müssen Nachthemden anziehen.", hieß es im Heim. Nirgendwo war sie so deutlich darauf hingewiesen worden, wie Mädchen sich anzuziehen hätten, als in solch einem Heim.

Sie wurde zum Speisesaal gebracht. "Es gibt jetzt Abendbrot. Bitte setze dich auf deinen Stuhl Anna." Alle Mädchen kamen herein und setzten sich auf ihre Plätze. Die waren festgelegt für die gesamte Zeit ihres Aufenthalts dort. An der Wand, zur Rechten von Anna, hing ein Holzkreuz mit einem leidenden Christus. Vorne stand eine Nonne, die rief: "Alles aufstehen und Beten!" Das funktionierte, Anna tat es ihnen nach. Die Stühle an die Tische gerückt, standen die Mädchen hinter ihren Stühlen und falteten die Hände. Die Nonne sprach ein Gebet, "...danke Herr, was du uns bescheret hast...", die Kinder murmelten "Amen". Dann wurden die Stühle wieder geschoben, gesetzt und gewartet, bis das Essen ausgeteilt worden war, dann gegessen. Die Nonnen achteten peinlichst genau darauf, dass nicht laut gesprochen wurde. "Beim Essen spricht man nicht." hieß es, manche Mädchen flüsterten trotz des Verbots. Anna nahm sich ein Stück Brot, sie hatte Hunger und etwas Quark, dazu gab es roten Tee. Immer gab es roten Tee. Sie mochte ihn nicht und wird ihn vermutlich niemals mögen. Sein Duft und seine Farbe werden sie stets an die Momente des Schauderns erinnern.

Als es Zeit war, ins Bett zu gehen, klatschten die Nonnen in die Hände und riefen: "Zapfenstreich, ab zum Waschen!" Waschen, schnell die Zähne geputzt. Hier hatte Anna ein Waschbecken für sich, zumindest für einige Zeit. Dann ging es in den Schlafsaal. Anna fürchtete sich. Um sie herum standen die Betten und als das Licht gelöscht wurde, schrie eine Nonne laut: "Ruhe, jetzt wird geschlafen. Wer redet, wird bestraft." Anna schlupfte unter ihre Decke und redete mit niemandem. Ein Mädchen nebenan, wie sie hieß merkte sie sich nicht, versuchte zu quatschen, ließ es bald, denn Anna redete mit keiner, sie verschloss sich und blieb in ihren Gedanken, sie versuchte, zu träumen. Das tat sie oft. Dann dachte sie sich was Schönes aus, Menschen, die ihr gefielen, mit denen erlebte sie dann tolle Sachen. Zu Hause sang sie sich selbst in den Schlaf und schaukelte dabei hin und her. Sie fürchtete sich, und wusste, dass das hier nicht erlaubt war. So wiegte sie sich leise hin und her und versuchte, ihre Angst im Dunkeln zu verscheuchen. Zu Hause, da wohnten sie an einer belebten Straße und die vorbeifahrenden Autos hinterließen helle Streifen auf der Schlafzimmerdecke, das beruhigte Anna ungemein.

Sie war noch nicht eingeschlafen, als ein Nonnenmonster mit kreischender Stimme in den Schlafsaal eindrang. Anna war ganz benommen und wusste nicht, was los war. Die Nonne befahl einige Mädchen beim Namen aus dem Bett zu steigen und sich an die weiße blanke Wand des Schlafsaals zu stellen. Sie schrie die Mädchen an: "Wer hat hier gesprochen? Los, sagt mir die Namen!" Eine sagte mutig: "Ich." Sie weinte nicht. Keines der Mädchen weinte. Anna hatte große Angst, man könne sie auch aus dem Bett rufen, aber sie wusste ja, dass sie ganz brav gewesen war und hielt sich raus. Die Nonne befahl den Mädchen ihre Arme auszustrecken und die Hände mit der Außenseite nach oben zu halten. Sie nahm einen dünnen Stock und schlug jedem der Mädchen fest auf die Hände. Jeder dreimal. "Du, du warst am lautesten. Mach eine Faust." Das Mädchen, Gaby, Marina, Marion oder wie immer sie hieß, machte eine Faust und bekam jeweils drei Schläge auf die Knöchel. Anna dachte, sie hätte wohl eine Strafe verdient. Warum hat sie auch so laut geredet? Das musste aber sehr wehtun. Hin- und hergerissen in ihrem Urteil über die plappernden und gackernden Mädchen und die bösen Nonnen, beruhigte sich Anna irgendwann und schlief ein. Jetzt war es ruhig im Schlafsaal.

Zum Frühstück konnte man wählen, ob man Marmelade oder Margarine wollte. Und es gab roten Tee. Anna wählte Marmelade und aß ein Brot. Sie war immer hungrig. Das Mittagessen war etwas üppiger, meist gab es Eintopf, mal gab es eine dünne Suppe, danach Kartoffelbrei mit Würstchen, Kohlsuppe gab es und ähnliche Essen. Weil Anna meist großen Hunger hatte, aß sie stets ihren Teller leer, die anderen Mädchen mäkelten am Essen herum, Anna verstand nicht, warum. Sie aß, was kam. Sie war sehr dünn und immer hungrig. Es kam niemals vor, dass sie etwas stehenließ. Eine Gelegenheit, etwas zu Essen zu bekommen schlug sie niemals aus.

Die kommende Nacht wurden wieder Mädchen bestraft. Dies kam häufig vor, eigentlich jeden Abend. An eine Gute-Nacht-Geschichte konnte sich Anna nicht erinnern, möglicherweise wurde gebetet, gar ein Lied gesungen.

Anna fand ein wenig Kontakt, obwohl sie sich wie ein hässliches Entlein fühlte, wie eine Außenseiterin, sprach die eine oder andere mit ihr. Sie durften manchmal draußen toben für kurze Zeit in einem Hof, der durch die ihn umringenden Häuser wenig Sonnenlicht aufnahm. Doch hier hatten sie die Möglichkeit zu spielen und wurden auch nicht gegängelt. Anna hatte sich erfolgreich gedrückt, eine Schürze anzuziehen. Sie war darin sehr diplomatisch, so dass es keiner bemerkte, drückte sich davor, wo sie konnte. "Du musst deine Schürze anziehen. Alle Mädchen müssen das.", hatte man ihr erklärt. "Ja, später ziehe ich sie an." Sie gaben sich keine weitere Mühe und vergaßen es. Das war Annas Diplomatie. Diese zog heute nicht. Eine Nonne zitierte sie zu sich und befahl ihr, dass sie die Schürze zu tragen hätte, ob sie wolle oder nicht. Anna revoltierte wieder, diesmal auch nach außen, doch sie tat, was man ihr befohlen hatte, ausnahmsweise.

Ihre ‚Revolution' trug sie heute in den Schlafsaal. Als das Licht gelöscht wurde, das Abendgebet hatten sie hinter sich gebracht, sprach ihre Bettnachbarin sie an. Anna war erfreut über diese Annäherung und ignorierte ihre Angst. Sie plauderten über ihre Eltern zu Hause. Das Mädchen hieß Irma und hatte keinen Vater, sie war Halbwaise, wie sie Anna stolz berichtete. "Ich bin keine Halbwaise, aber wir leben alle in einem Zimmer, stell dir vor, meine Mama, mein Papa und mein Bruder." "Auweia, das ist aber eng." ‚Ja ja', dachte Anna, ‚ich hab's ganz schön schwer, nicht wahr'? Sie wurden jäh aus ihrem Gespräch gerissen. Die Türe zum Schlafsaal wurde aufgestoßen, die Prozedur der beiden Vorabende, aller Vorabende, ergoss sich über die Kinder. "Anna, komm hierher zur Wand! Wird's bald!" Anna gefror das Blut in den Adern. ‚Das muss ein Irrtum sein', dachte sie. Sie hatte nichts getan, oder jedenfalls ganz leise. Anna gehorchte. "Streck' deine Finger aus." Anna war empört über diese Art der Bestrafung, ausgerechnet sie. Wo man sie doch kaum bemerkte. Der Schlag tat weh, es gab Gottseidank nur einen für Anna. Anna kämpfte mit den Tränen, Tränen der Furcht, Empörung und Wut. Doch als die Mädchen wieder in ihre Betten krochen, befing sie ein ganz anderes Gefühl: Sie hatte eine Strafe bekommen, wie die anderen. Jetzt war sie eine von ihnen!

Ernestine Holms

Hans C. Schmolck

Der Sprung durch die Küche

9 denk-würdige Erzählungen

Ernestine Holms

Hans C. Schmolck†

Der Sprung durch die Küche

Neun weitere denk-würdige Erzählungen über die Unwägbarkeiten des Lebens

Band II

Meinem lieben Vater†

Für Lina und Hermann Müller† aus Stuttgart

(in Erinnerung)

Erstausgabe 2011, Frankfurt am Main

Inhaltsverzeichnis

Vorwort

Als ich wieder einmal, wie häufig zu einer bestimmten Zeit, in London war, stöberte ich in einer der vielen kleinen, gut besuchten Buchhandlungen. Ich war neugierig, was sie anders machten, etwas, das bei uns in Deutschland so nicht zu finden war. Da entdeckte ich ein Taschenbuch mit dem Titel „Why men don't Iron?". Dies fragten sich die Autoren Anne und Bill Moir. Sie wollten also wissen, warum Männer nicht bügeln? Eine Frage, die ich mir nie stellte, eher umgekehrt: "Warum sollte ich bügeln?" Als Frau fragt frau üblicherweise und im Allgemeinen nicht danach, dennoch: Ich lehne Bügeln ab. Diese angeblich und unterstellte weibliche Eigenschaft einer Tätigkeit, die eigentlich keine Eigenschaft, sondern eher eine Tätigkeit, also eine Art Hobby oder Talent sein kann, besitze ich nicht im Geringsten. Dass dies stimmt und wie es anfing, dass ich so dachte, können die Leserinnen und Leser in der Erzählung „Anna fliegt!" nachvollziehen und überzeugt sein, dass ich, die Autorin, Anna manchmal ähnlich bin. Das Buch sprach mich, abgesehen vom Titel, wegen seines Titelbildes an: Da ist eine Frau darauf mit lackierten Fingernägeln, in den Armen und an ihre Brust gedrückt hält sie frisch gebügelte Wäsche, vermutlich Handtücher. Das Bild ist in der Art der Fünfziger Jahre gehalten. Das Lächeln der Frau mit roten Lippen macht sie perfekt, so wie es Frauen in den Fünfzigern waren oder sein sollten: Perfekte Hausfrauen! Möglicherweise hat sie nun auch eine Waschmaschine, in der Art wie die Befreiung der Frau in den Fünfzigern aussah, wie der Missbrauch von Gegenständen und Menschen vonstatten ging und wie die Dinge erworben wurden, die viele sich nur durch harte Arbeit leisten konnten in der Zeit des Aufbaus nach dem Krieg, wie der Wohlstand wuchs und damit die Vorstellung von Befreiung und die Nutzung praktischer Gegenstände zu Statussymbolen wurde, diese Fragen stellt sich Anna intuitiv. Diese und ähnliche Fragen werfe ich auch auf in meinen anderen Erzählungen, manches Mal auf skurrile Weise, wie in „Der Diener und der Jäger", aber auch das Verhalten von netten alten Damen, die sich auf Friedhöfen aufhalten und gar nicht wissen, was sie damit anrichten in „Die Segnung oder Das fremde Grab". Haben sich Frauen wirklich emanzipiert? Haben sie einen großen Sprung gemacht, wie Peter, der Kater in der Erzählung von Hans C. Schmolck „Der Sprung durch die Küche", wo es um die eigentliche Frage eines jeden Künstlers, einer jeden Künstlerin in selbstkritischer Weise geht: „Bin ich wirklich Künstler?" Die Frage, ob Künstler oder nicht, stellt sich dem Maler Karl bisweilen nicht, da er mit gebrochenem Herzen durchs Leben geht und allen Sinn für diese und andere Fragen des Daseins verloren zu haben scheint bis, ja, bis er Alfred und Willi begegnet. Ein Wiedersehen mit den beiden und natürlich ihren „Herrchen" Weidenborn und Meyer gibt es in diesem, meinem zweiten Erzählband auf lustige Weise. Sehr ernst wird es allerdings in „Speculo", ein Wort aus dem Lateinischen, das übersetzt „Spiegel" heißt. Er, der Spiegel, dokumentiert die Identitätsfragen eines Kindes zum ernstesten Thema der deutschen Geschichte aus Sicht eines kleinen Mädchens, um dessen Fragen sich keiner zu kümmern scheint: dem Holocaust!

Und noch ein Wort zum Nutzen von Gegenständen: Die höchste Kunst der Nutzung von Gegenständen ist der Sinn, den dieser Nutzen für den Menschen ausmacht. Entscheidend ist der Gebrauch von Gegenständen zwischen Nutzung und Statussymbol, ihr Sinn für den Menschen. Nicht als Statussymbol, sondern der Nutzen an sich. Annas' Spiel mit dem Grammophon, der Platte, haben etwas mit Annas' Selbst zu tun, sie sind ein Teil von ihr, sie sind Kunst, Anna ist Kunst. Die Dinge und der Mensch, der sie nutzt, beides gehört zusammen. Ihr Nutzen liegt also in Anna selbst. Kein Gebrauchen, kein Missbrauchen. Das ist Kunst, Kunst an sich. Man kann Anna und die Musik nicht trennen, nichts wegnehmen, nichts hinzufügen, alles ist komplett. Diese Frage vom Nutzen haben sich nur wenige in der Zeit des Aufbaus von Wohlstand und Glück in den Fünfzigern gestellt. Sie blieb offen.

Doch ernst oder nicht: Auch diese Erzählungen wurden mit großem Vergnügen geschrieben und leicht lesbar verfasst, so dass der Spaß am Lesen für jeden garantiert werden kann.

Frankfurt am Main, 15. Oktober 2011

E. H.

H.C.Schmolck, Hochzeitsblumen, 1961

Nächtlicher Freigang oder Der Maustot

Willi war auf Streifzug, wie jeden Abend. Es war schon fast Mitternacht und er wollte nur noch einmal im U-Bahn-Schacht nach dem Rechten sehen und dann alsbald in die Wiener Straße 12, wo er mit seinem Lieblingsmenschen, dem Rudi Meyer, wohnte, zurückkehren. Ein wenig müde, dennoch bester Stimmung, folgte er seinem Instinkt, der ihm sagte: Da musst du hin!

Sein Instinkt trog ihn nie und was er hörte, schien ihm recht zu geben, denn schon beim ersten Tritt auf die oberste Stufe der Treppe mit seiner rechten Vorderpfote ließ ihn ein lautes Quieken und Quäken, daneben Gelächter, vernehmen. Er konnte nicht einschätzen, was da los war und zögerte für einen Moment, hielt seine feuchte Nase in die Luft und erschnupperte eine Art muffigen Geruchs, welchen er schon öfters in den Ecken dunkler, schmuddeliger Hauseingänge oder in der Nähe von Parkbänken gerochen hatte, die Menschen nannten es Bier. Auch roch es säuerlich und süßlich zugleich, es roch nach Blut! Willi entschloss sich flugs nach unten zu laufen, die schmutzige, mit alten Kaugummis gepflasterte Treppe hinunter. Das Quieken und Quäken wurde immer lauter, das Gelächter auch. Es schien, als wären mehrere Menschen an der Sache beteiligt. Er spürte deutlich: Da war jemand in Gefahr! Unten angekommen, überblickte er die U-Bahn-Station von vorne bis hinten, um alle dort vorhandenen Menschenwesen im Visier zu haben. Sein Blick blieb an einer Gruppe derer hängen. Was er sah, ließ ihm das Blut in seinen Katzenadern stocken, dies umso mehr, als er das Schreckliche, das sie taten, mit ansehen musste: Sein mögliches Abendessen, eine Maus, wurde mit Geschrei und Gelächter unter lautem Quieken und Quäken der kleinen Maus gegen die weiße Wand der Station geworfen. Beim Aufprall knallte und klatschte es, nicht sehr laut wegen des kleinen Körpers, aber für Willi deutlich hörbar. Und noch einmal warfen sie sie. Ein junger Kerl mit halb geschorenem Kopf, das auf dem Oberkopf verbliebene Haar war kurz und schwarz, hatte sie in seiner rechten Hand und, wieder, gegen die Wand geworfen. Ein paar junge Frauen, die links der Männergruppe von etwa fünf oder sechs Männern in sicherer Entfernung standen, wandten ihre Blicke angewidert ab und eine rief: „Ach igitt, ach, wie sie quietscht, schrecklich! Hoffentlich ist sie endlich tot!" Konnte Willi da ein wenig verstecktes Mitleid heraushören? Wie dem auch sei, der Maus war nicht mehr zu helfen. Nach diesem letzten Wurf war es still. „Hä, die ist hin!", sagte einer der jungen Männer. „Wurde auch Zeit, dieses hässliche Viech, hat geschrien wie sonst was", meinte ein anderer. „Was soll auch dieses Ungeziefer hier. Ekelhaft!" tönte mit lauter Stimme ein Dritter der Gruppe. Sie sahen eigentlich ganz ordentlich aus von ihrer Kleidung und auch ihrer sonstigen Aufmachung her. Allerdings waren ihre Köpfe entweder ganz kahlgeschoren oder nur teilweise, doch das ist Geschmackssache.

Gott-sei-Dank war Willi bereits satt und der Appetit wäre ihm nunmehr vergangen, eher hätte er der armen Maus gerne geholfen. Doch es war zu spät und entsetzt blickte er, als sich die starke Truppe langsam und breitbeinig mit laut brüstenden Sprüchen über ihre vermeintlich gute Tat davonmachte, die Wand an: Ein roter

Fleck, oval und eine Kinderhand klein, was die Größe der Maus ausmachen ließ, der überging in ein herunter- fließendes Rinnsal aus Blut, das an der weißen Wand kleben blieb. Daneben noch ein ovaler Fleck, jedoch kleiner, und ein zweites Rinnsal darunter. Das war wohl der zweite Wurf gewesen. Darunter lag die Maus oder das, was von ihr übrig war, auf dem schmutzigen Stein- boden zwischen Fastfood-Tüten und einer noch halb- vollen Pommes-Frites-Schachtel mit Ketchup, welche süß-sauer roch. Sie japste nicht mehr, was ein Glück war, musste nicht mehr leiden. Offensichtlich war das hier ihre Nahrung gewesen und es ihr zum Verhängnis geworden, wie sie ihr sicheres Mauseloch verlassen hatte, um sich zu nähren. Willi suchte das Versteck der Maus. Er sah unter die Stuhlreihen, die sicher vor Ran- dalierern an der Wand verschraubt waren, und zwi- schen die Ritze in der Wand, konnte aber kein irgendwie geartetes Loch, durch das so kleine Mäuse kommen konnten, entdecken.

Die Maus, die er seit Wochen beobachte, war fast schwarz, nicht etwa grau, wie man Mäuse im Allgemei- nen kennt. Sie sah nie die Sonne. Sie war eine Unter- grundmaus. Sie war so schlau gewesen, dass sie stets erst aus der Wand herauskam, um die Reste von Pom- mes Frites, Cheeseburger, Croissants und anderen Fast- food-Speisen, welche die Leute liegen ließen, wie ein kleiner Staubsauger in sich aufzunehmen, um dann gleich wieder in der Wand zu verschwinden. Sie flitzte aus ihrem Loch, lief schnell an der Wand entlang unter den Stuhlreihen, schnupperte in die Luft, nahm ihre Nahrung in Windeseile auf, genoss diese, das konnte

Willi sehen, und sobald sich ein Menschenfuß näherte, flitze sie zurück, irgendwohin, wo das Mauseloch sein musste. Und Willi fragte sich jedes Mal, wie sie das wohl machte und wohin sie verschwand. Er bekam es einfach nicht heraus. Die Maus kam heraus, verschlang geschwind ihren Fraß und war wieder weg. Appetit hatte er nicht auf sie, er konnte die schlaue Maus sogar ganz gut leiden. Wie sie in die Hände ‚dieser Rohlinge' geraten konnte, war ihm nicht klar, sie war ja sehr schnell. Ein Moment der Unachtsamkeit? Ein Mäusemann, der ihr gefiel und sie ablenkte?

Willi verabschiedete sich für immer von der Maus und lief geradewegs nach Hause in die Wiener Straße 12, wo er Alfred, dem Dackel von Rentner Weidenborn, mit Miauen und allerlei Gesten das Drama berichtete. Vorläufig vermied er die Station auf seinen nächtlichen Streifzügen.

Doch als einige Zeit vergangen war, so etwa zwei oder drei Wochen, schaute er wieder herein, neugierig, wie es aussehen mochte. Er seufzte ein wenig, weil er seine Maus nicht mehr beobachten konnte. Die Flecken und Rinnsale waren noch da, vertrocknet, bräunlich geworden, was ihn umso mehr berührte.

Willi saß versteckt und sicher neben der Treppe, unten, wo es zum U-Bahn-Schacht ging. Keiner konnte ihn sehen und beobachtete den Bahnsteig. Eine Frau stand da und wartete auf ihre Bahn. Plötzlich verzog sie das Gesicht wie sie auf den Boden blickte und rief: „Oh, eine Ratte!" Da lief sie, die Maus. Sie war fast schwarz, klein wie eine Kinderhand und sehr schnell!

Das Training oder Die Last des mündigen Bürgers

Diane freute sich. Endlich! Der neue Kollege war unheimlich sympathisch, er sah nicht nur gut aus, er war auch richtig nett. Das gab neuen Wind im Kollegium. Diane war drauf und dran sich in ihn zu verlieben. ‚Er hat so hübsche Grübchen' dachte sie. Man konnte sie schon auf Wolke Sieben schweben sehen und während seiner ersten Arbeitstage machte sie verschiedene Versuche ihm irgendwie aufzufallen.

Sie traf sich mit Laura in der Salatbar, Lauras' bevorzugter Treffpunkt. „Die Kolleginnen aus dem sechzehnten Stock hatten alle bereits das Vergnügen, sogar die aus der Buchhaltung und die ist nicht gerade eine Schönheit, doch mich ignoriert er", beklagte sie sich. „Woran mag das wohl liegen, Laura? So übel seh' ich doch nicht aus, außerdem, ich bin eine gute Partie, denn ich koche fantastisch, nicht wahr?" Laura begutachtete Diane. Nach einigen prüfenden Blicken wand sie ein: „Ja, du bist sicher eine gute Partie, Diane. Und kochen kannst du, das steht fest. Aber sei mir nicht böse, Diane, ich muss dir die Wahrheit sagen, so unter Freundinnen: Du bist zu dick und du kochst zu gut. Außerdem brauchst du Bewegung. Sei doch mal ehrlich", Laura holte tief Luft und weit aus: „Abends kochst du, dann isst du, danach gehst du ins Bett, allein. Du sitzt den ganzen Tag auf deinem Hintern und am Wochenende schläfst du, gehst in Cafés. Dort isst du Kuchen, schlemmst, gehst nach Hause und kochst. Und so weiter. Meine liebe Diane, auf diese Weise hast du eine Menge Pfunde draufbekommen und die müssen wieder runter." Nein, damit hatte Diane nicht gerechnet. „Laura, ausgerechnet du, meine beste Freundin, fällst mir so ins Kreuz. Du weißt genau, dass ich gerne esse, und was ist schon dabei. Ein paar Pfunde mehr oder weniger. Ich bin ein netter Kerl, das muss reichen. Schließlich will man so geliebt werden wie man ist und nicht anders. Auf Dr. Misslich bin ich auch ganz schön sauer. Nach vielen Untersuchungen, teuren Eagle-Behandlungen, die nichts halfen, teilte er mir mit, dass ich jetzt diese komische Diät machen solle. Kein Fleisch, kein Fett, keine Kuchen und schon gar nicht was Süßes. Das war wirklich ein herber Schlag."

Laura war genau das Gegenteil von Diane. Sie ging jeden Abend ins Fitness-Center, ernährte sich von Salat, Tofu und Knäckebrot. Und wehe, wenn da ein Hauch Butter draufkäme. Sie würde dieses nicht anrühren. Laura war geradezu fanatisch gesundheitsbewusst. Ob das noch gesund war? Diane wollte nicht so sein und nicht so leben. Ihr machte es Spaß abends in der Küche zu stehen, Gemüse zu schnipseln, in Butter zu dünsten, ein Schnitzel in die Pfanne zu geben, zugegeben, in Bratfett gegart, dazu Kartoffeln oder auch Pommes frites. Und erst der Nachtisch: Schokopudding mit Schlagsahne! Wer konnte da schon ‚Nein' sagen. Stattdessen schlug Laura ihr vor, Salat oder Joghurt zu essen und anstelle des Kochens zwei Stunden auf dem Heimtrainer, auf dem Laufband und sonst einer Maschine zu verbringen! Was für eine Schnapsidee. „Hör mal, Diane. Ich mache dir einen Vorschlag: Morgenabend unterbrichst du deine Gewohnheiten und wir gehen zusammen ins Center. Dann werden wir ja sehen, ob es dir gefällt. Teste es einfach mal. Außerdem nimmst du dir in dieser Zeit deine Diät vor, ich meine die, die dir Dr. Misslich empfohlen hat. Stell dir vor, nach zwei Wochen hast du vielleicht schon ein paar Pfunde runter, dann kaufen wir dir was Schickes und deinem Kollegen werden die Augen ausfallen. Vielleicht ist ja eine Einladung zum Essen drin?" Laura zwinkerte sie ermutigend an.

Das funktionierte! ‚Eine Einladung zum Essen wäre der reine Wahnsinn‘, dachte Diane. Sie sah sich schon beim besten Italiener der Stadt, er lächelte sie verführerisch an mit seinen tiefbraunen Augen. Auf dem mit einem weißen Tischtuch belegten Tisch war für Zwei gedeckt, Kerzen und der Champagner eisgekühlt, standen auch schon da. Er nahm ihr den Mantel ab und hervor kam Diane im Sweatshirt und Stretchhose. Ihr Traum zerplatzte sofort. „Okay, ich mache mit. Aber unter zwei Bedingungen: Du kommst Samstag zu mir zum Schlemmerabend und sollte nach zwei Wochen Training und Hungern keine Einladung kommen, stoppe ich die Aktion sofort und gehe mit den ‚Gleichgesinnten und Unverbesserlichen‘ Kuchen schlemmen." Laura war einverstanden und lobte den Entschluss Dianes‘ ausdrücklich. „Du schaffst das schon. Einige Pfunde weniger und du siehst super aus, glaube mir, ich kenne mich aus."

Das stimmte schon. Laura hatte vor etwa acht Jahren mit dem Sport begonnen. Ihre Salatesserei fing damals auch an. Der Grund war klar: Sie hatte sich verliebt und wollte unbedingt „tipptopp" aussehen, denn ihr Liebster war ziemlich sportlich, er war Profi-Radler. Nicht nur, dass er dauernd unterwegs war, nein, jede Minute verbrachte er beim Training, achtete sehr auf das, was er aß. Er hatte natürlich keine Diät zu halten, aber musste sich an bestimmte Regeln halten. Und während er an einem der unzähligen Rennen teilnahm, musste Laura draußen stehen, wie alle Zuschauer. Er hielt sie ein bisschen auf Distanz, das gefiel Diane schon damals nicht. „Er liebt dich nicht, wie du bist. Das sollte er aber", Diane riet ihr von dieser Beziehung ab. Laura fastete, trainierte nun selbst, ging ihm nicht auf den Wecker, sofern das möglich war, und sie verlor ihn am Ende doch. Er gab ihr den Abschuss genau an dem Tag als sie voller Stolz, sechs Kilo weniger und ziemlich gut durchtrainiert, vor ihm stand und Komplimente erwartete. Sie hatte sogar gedacht, es sei jetzt an der Zeit, zusammenzuziehen und da, puff, geplatzter Traum. Sie fiel aus allen Wolken, es plumpste regelrecht, der Sturz von Wolke Sieben war enorm und beim Aufprall krachte es ordentlich. Laura ließ alles raus, was sie in sich hineingefressen hatte, außer Salate und Joghurt, die behielt sie für sich, auch für die Zukunft. Der Radler war weg, Laura trainierte weiter, mehr als zuvor. „Du bist verzweifelt und wütend, trainiere von mir aus, bis es dir wieder besser geht. Aber übertreibe es nicht, Laura." Diane konnte ihr diesen Floh nicht mehr nehmen und sah zu, wie aus ihrer hübschen, schlanken Freundin, die immer gute Laune hatte, meistens jedenfalls, eine verhärmte, dürre, wenn auch muskulöse, verbitterte Frau wurde. Die Verbitterung, auch das Verhärmte, legte sich später zum Glück, doch das andere blieb. Seit einiger Zeit, immer, wenn Diane Laura in ihrer Hyperaktivität bremsen wollte, „lass uns doch mal richtig schlemmen gehen, was Tolles essen und Wein trinken, Laura!", zückte diese das Bonusheft ihrer Krankenkasse und verwies auf die vielen Vergünstigungen, die sie sich, allerdings wohl, verdient hatte. „Nein, du musst ohne mich schlemmen, Diane." Diane seufzte. Inzwischen hatte sie solche Angebote nicht mehr gemacht und schlemmte tatsächlich allein. Ihre Kaffeerunden mit ihrem Frauenclub allerdings gefielen ihr ausgezeichnet. Die ‚Gleichgesinnten und Unverbesserlichen', so nannten sie sich, versuchten ihre Röllchen zu ignorieren, wenn die Schwarzwälder Kirsch „einfach fantastisch" schmeckte! ‚Nie würde ich das aufgeben', dachte Diane.

Diane bereitete das Fleisch an diesem Abend besonders mager zu. Sie rieb es mit Öl ein und legte es auf einem Kräuterbett in die Kasserolle. Bei 90 Grad erhitzen. Dann schmeckte es herrlich. Das frische Gemüse legte sie in eine Pfanne mit etwas Öl darin, es sollte nur kurz dünsten, so wenig Fett wie möglich abbekommen, und knackig bleiben. Das würde Laura bestimmt schmecken. Dazu gab es ‚magere' Pommes frites, ohne Öl, im Backofen einfach heißgemacht. Beim Dessert ließ sie sich nichts vorschreiben: Es gab eine Strawberry-Mousse mit einer Erdbeere und einem Minzblättchen obendrauf. „Damit es frisch und gesund aussieht." Diane war ganz zuversichtlich, dass Laura das essen würde. Sie musste! Es war Bedingung, damit sie mit dem Training beginnen konnten. Ihren letzten Schlemmerabend müssten sie so richtig genießen, danach vierzehn Tage darben. Diane sah auf ihr Dessert, eines extra hatte sie für sich vorbereitet und aß es schnell bevor Laura kam. Es war sozusagen ihre „heimliche" Belohnung. Für was? Für alles, für das tolle Menü, für die Mühe, die sie hatte, und für ihre Entscheidung demnächst durch die Hölle zu gehen, um in den Himmel zu kommen. Das war der Deal.

Der Abend war sehr entspannt. Laura hatte alles gegessen, auch das Dessert. Sie hatten geplaudert und Lauras Trainingserfahrungen ausgetauscht, das heißt, Diane hörte ihr zu während sie erzählte und bekam schon Angst, sie würde nie damit aufhören. Sie tranken Wein und Laura war so entspannt wie selten. „Wie gut ein Schlemmermenü schmecken kann, hatte ich eigentlich vergessen. Diane, das Essen war fulminant, superbe und gar nicht so übel." Diane freute sich, dass es Laura so gut ging, aber ihre Freude war gedämpft, da sie wusste, dass Laura morgen alles weghungern und wegtrainieren würde. Das machte sie immer so nach einem üppigen Essen.

Diane wollte im Radio Musik einstellen, erwischte zuerst ihren Lieblingskultursender. Eine weiche klare Frauenstimme hauchte: „Hören Sie auf Ihren Instinkt? Professor Wegener dokumentiert nun seine neuesten Untersuchungen mit erstaunlichen Ergebnissen. Bitte sehr, Herr Professor Wegener." Der Professor räusperte sich und begann mit krächzender Stimme:" Iss dich schlank und vor allem: höre auf deinen Bauch! Das ist mein Rat an die Zuhörer und Zuhörerinnen aufgrund der Ergebnisse kürzlich gemachter Untersuchungen. Was will uns unser Appetit sagen? Was sagt uns die Lust auf Süßes, der Geschmack an Butter, die Verführung von Schwarzwälder-Kirsch-Torte? Vitalstoffe fehlen! Ernähren Sie sich kräftig und nährstoffreich. Kein Kalorienzählen macht Sie schlank. Eine Gruppe von Wissenschaftlern der Universität dieser Stadt fanden mit

Unterstützung des Krankenkassenverbandes der Kassenverbandspatrioten, kurz KVP, heraus, dass die Lust auf Süßes einen Mangel an Nährstoffen aufzeigt. Kein Heißhunger mehr: Wer gut genährt ist, braucht keine Süßigkeiten. Diese sind nach alter Regel ungesund, wobei ein Stück Torte durchaus erlaubt ist, aber sie sollte aus frischer Sahne mit Honig anstelle von Zucker hergestellt werden, mit frischen Früchten, auch Nüsse dürfen enthalten sein, die ja auch sehr nährstoffreich sind. Sie dürfen ruhig auch einfach mal faul sein, Ihren Gedanken nachgehen, Einladungen zum Kaffee inklusive Kuchen annehmen, solche Treffen sind als soziales Miteinander sehr förderlich für den Stoffwechsel. Das ständige Laufen und Trainieren ist nach wie vor bis zu einem gewissen Grad in Ordnung, jedoch ein Zuviel ist nach unseren Untersuchungen absolut ungesund, vor allem für die Gelenke. Grundsätzlich entdeckten wir Erstaunliches: Der Spaß im Leben ist das wahre Geheimnis der Fitness und des Schlankseins. Wer immer darbt, lebt schlecht. Zudem stellten wir fest, dass Menschen, die auf ihre innere Stimme hörten und taten, was ihnen Freude machte, wesentlich älter wurden als jene, die ihr Leben streng nach Diät lebten und täglich trainierten. Das ist das Ergebnis unserer langjährigen Untersuchungen. Wir wünschen Ihnen also Guten Appetit!" Der Professor räusperte sich nochmals zum Ende seines Vortrags.

Laura wollte nicht glauben, was sie da hörte! Alles hatte sie sich verboten, Torten sowieso. Sahnesoßen, tabu, Fleisch, niemals! Kartoffeln, Nudeln und Reis waren ihre natürlichen Feinde. Und nun sollte das alles erlaubt sein? Die Zeit beim Training, ihre Bonuspunkte, wie könnte sie diese in der ansehnlichen Form zustande bringen, wenn nicht bei täglicher Fitness? Jedoch, eine langjährige Untersuchung, das durfte man schon glauben und das vom Krankenkassenverband, der ihr Bonuspunkte, eine Belohnung verpasste, wenn sie gerade nicht trainierte, es sich gutgehen ließ und zu allem obendrauf auch noch Kuchen aß. „Das haut dem Fass den Boden aus" Laura liefen auf einmal die Tränen, sie trank noch einen Schluck des herrlichen Weines, den Diane ihr liebevoll serviert hatte und fiel mit einer Umarmung über Diane her: „Diane, ein Märchen wird wahr! Nie hätte ich das geglaubt. Eine solche Untersuchung muss seriös sein. Morgen gehe ich nicht ins Training. Wollen wir morgen Eis essen gehen? Sag ja, Diane. Ich war schon seit Jahren, genau gesagt seit acht Jahren, fünf Monaten, drei Wochen und vier Tagen kein Eis mehr essen. Da wird es Zeit. Mit Schlagsahne natürlich!" Laura hatte dem Professor geglaubt und war überglücklich. „Okay, aber zweimal die Woche gehen wir zusammen zum Training, ja, Diane?"

Diane zwinkerte ihr zu: „Klar, Laura, zweimal die Woche trainieren. Mir ist es recht" und zog eine CD aus der Stereoanlage mit dem Titel: „Verkehrte Welt" von Klaus Mahlig, auch der falsche Professor genannt, hergestellt mit Unterstützung des Clubs „Die Gleichgesinnten und Unverbesserlichen".

Um die Geschichte abzurunden und dieses Märchen zu komplettieren: Der Neue hatte sich nach vier Wochen Einarbeitung und viel Überwindung endlich getraut, Diane anzusprechen. Der schüchterne Junge lud Diane stotternd zum Essen ein, sie könne s-s-sich das R-R-

Restaurant s-s-selbstv-v-verständlich a-a-aussuchen. Diane schlug den besten Italiener der Stadt vor und kaufte sich ein schwarzes Kleid, denn Schwarz macht schlank!

Das doppelte Lottoscheinchen oder Einmal ein Wunder!

Ilona rannte die Straße hinunter, der Bus war soeben an ihr vorbeigefahren und würde gleich da vorne halten, da, wo sie einsteigen musste. Sie musste unter allen Umständen den Sechsunddreißiger bekommen, um pünktlich bei ihrem Putzjob zu erscheinen, Zuspätkommen würde sie den Job kosten. Das wäre fatal, denn Ilona hatte zu Hause eine Tochter, die an den Rollstuhl gebunden war. Sie brauchten das Geld, das sie verdiente, dringend. Viel war es nicht, aber besser als nichts und allemal besser als von der Fürsorge zu leben war es auch. Ilona war erst seit sechs Wochen in dieser Stadt, in Deutschland überhaupt, so kannte sie keine Menschenseele hier, wer würde sie also unterstützen? Ilona eilte zur Haltestelle. Mit ihrer schlanken drahtigen Gestalt kam sie nicht so schnell aus der Puste, sie war einiges gewöhnt und konnte schnell laufen. Der Bus hielt an und Ilona erreichte ihn gerade mal so, stieg sofort ein nachdem sich die Türe unter Ächzen und Stöhnen geöffnet hatte und hatte sogar einen Sitzplatz ergattert als sich die Türe hinter ihr langsam und ächzend wieder schloss. ‚Den Lottoschein, oje, den muss ich heute unbedingt abgeben', dachte sie. ‚Ich darf es nicht vergessen, weil heute der letzte Tag ist'. Sie dachte auf Ungarisch, denn sie kam aus Ungarn. Heute war Samstag. Bis zum Mittag, da schloss das Lottogeschäft, wollte sie ihren Schein abgegeben haben. Sie spielte immer nur zwei Kästchen und diese vier Wochen. Ihre Zahlen waren die ihres Geburtstags, also 7 für den Tag, 5 für den Monat. Die 17, das Alter ihrer Tochter und die 46 ihr Alter. Die beiden letzten Zahlen waren der Geburtstag ihrer Anya, was im Übrigen auf Deutsch Mutter heißt: 21 und 12. Ihre Anya hatte am 21.12. Geburtstag! Sie hatten sich lange nicht gesehen, Ilona vermisste sie sehr, hatte auch manchmal Heimweh nach ihrem Ungarn, ihrer Familie und ein paar Freundinnen. Einmal im Monat ging Ilona ins Internet-Café und schrieb ihnen allen E-Mails, las deren Antworten. Einen Computer konnte sie sich bei Leibe nicht leisten und sie reservierte jeden Monat einen kleinen Betrag, um sich von dort auszutauschen. Sie freute sich, wenn sie Neuigkeiten erfuhr von zu Hause, wenn sie hörte, dass ihre Anya Besuch von Viktoria bekam, Viktoria war die älteste Tochter von Ilonas Freundin Erika und hatte vor kurzem geheiratet. Sie war nun schwanger und berichtete, dass ihr Mann plante nach Deutschland zu kommen, um Geld für die Familie zu verdienen. In ihrem Dorf gab es keine Arbeit und auch sonst stand es nicht gut mit Arbeit in ihrem Land. Doch ihre Anya kümmerte sich um alle. Sie backte Kuchen, kochte und nahm sich alle Zeit der Welt, um sich die Sorgen und die Freuden der jungen Leute anzuhören. Viktoria war erst einundzwanzig Jahre und hatte keine Ahnung, wie schwer es auch in Deutschland sein konnte. Ach wäre das schön, so ein kleiner Lottogewinn, wenigstens ein paar tausend Euro und alles wäre gut. Oder doch ein bisschen mehr vielleicht? Ilona würde ihre Anya nach Deutschland holen, dann wäre Monika nicht mehr so oft allein. Ihre Anya würde sich um sie kümmern und Ilona könnte sich in aller Ruhe eine bessere Arbeit suchen oder, wenn der Gewinn höher ausfiele, könnte sie ein Haus in Ungarn kaufen und die ganze Familie drin wohnen lassen. Sie könnten Obst und Gemüse anbauen, ein paar Hühner und Schweine halten. Alle würden zusammenhelfen, sie bräuchten gar nicht viel zum Leben. Ja, fünf Richtige wären schon genug. ‚Es müssen keine Millionen sein.‘ Ilona malte sich das Szenario bis ins Detail aus, während sie aus dem Fenster schaute, jedoch nicht wirklich hinsah, lächelte sie.

„Albert-August-Straße" tönte die Stimme, die Ilona jäh aus ihren Träumen riss. Sie musste hier aussteigen und hatte noch fünf Minuten bis zur Metzgerei Miesmacher. Der Name machte ihrem Chef alle Ehre. Meist war er schlecht gelaunt, wie auch heute. Ilona zog schnell ihren Kittel an und fing an zu Putzen. Eine schwere Arbeit in der Metzgerei war das. Nun hatte sie fünf Stunden zu Putzen. Meist hing sie noch eine halbe Stunde dran, wenn Metzger Miesmacher nicht zufrieden war und diese wurde nicht bezahlt mit dem Argument, sie hätte eben gründlicher putzen müssen. „Selbst schuld." Am Ende der Arbeit bekam sie ihren Lohn bar ausgezahlt, eine Quittung musste sie unterschreiben. „So, wir sehen uns Montag wieder, pünktlich um sieben Uhr!" mahnte ihr Chef und kehrte ihr den Rücken. Froh, dass sie Montag wiederkommen durfte, verließ Ilona nun eilig die Metzgerei. Einkaufen sollte sie auch noch. Hier, am Rande der Stadt schlossen die Geschäfte schon am frühen Nachmittag, also um vierzehn Uhr, und morgen war Sonntag, kein Geschäft hatte sonntags geöffnet. Sie kaufte in der Straße ein, wo auch die Metzgerei war. Hier gab es neben einem Fahrradgeschäft, einem Schuhladen und eine Reinigung, einen Supermarkt, einen Blumenladen und ein Lottogeschäft. In diese drei letztgenannten Geschäfte musste sie, erst zum Supermarkt, dann einen Strauß frische Blumen besorgen. Ihre Tochter Monika hatte frische Blumen sehr gerne, besonders liebte sie jedoch die gelben, vor allem Sonnenblumen. Am Schluss wollte sie noch zum Lottoladen.

Die Schlange im Supermarkt war ungewöhnlich lange und es dauerte eine Ewigkeit, bis Ilona endlich an die Kasse kam. Vorm Supermarkt bemerkte sie, dass eine ihrer Tüten völlig überladen war und besorgte sich eine weitere Tüte, um einen Teil ihres Einkaufs in diese umzuladen. Nachdem sie das erledigt hatte, lief sie zum Blumengeschäft. Die Besitzerin war gerade dabei, den Laden zu schließen. Ilona hatte nicht bemerkt, dass es schon sehr spät war und bat die Blumenfrau, ihr noch einen Strauß zu verkaufen. Jedoch gab es keine gelben, wie auch immer genannten, Blumen mehr, so entschied sie sich für einen fliederfarbenen Strauß Gerbera und verließ mit einem herzlichen Dankeschön den Laden. Den Rest des Tages erledigte sie ihr Samstags-Programm vom Hausputz über Kochen und Bügeln und verbrachte den Abend mit der Pflege und einer ausgiebigen, an Samstagabenden obligatorischen, Unterhaltung mit ihrer diskutierfreudigen Tochter Monika.

Sie ging früh zu Bett und dachte nach, wie der Tag verlaufen war, was eventuell noch morgen oder Montag zu tun sei. Da fiel ihr ein, dass sie die Lottozahlen gar nicht nachgesehen hatte. Also stand sie auf, holte den Schein und schaltete den Fernseher ein. Im Teletext konnte sie die Zahlen prüfen und traute ihren Augen nicht, schaute zweimal hin und bekam einen riesen Schrecken: 5, 7, 16, 17, 21, 46! Fünf ihrer Zahlen waren richtig! Das könnte ein ordentlicher Gewinn sein, nicht das große Los, aber genug für sie und Monika, genug, um ihre Anya holen zu können. Oh, diese Freude! Der Freude jedoch folgte ein Schock als sie auf den Zettel sah: Sie hatte nicht den üblichen elektronischen Auszug in der Hand, sie hatte noch den per Hand ausgefüllten Schein vor sich: Sie hatte ihn nicht abgegeben! Nun drohte sie fast in Ohnmacht zu fallen, setzte sich auf ihre Rosencouch und starrte abwechselnd die Zahlen auf dem Bildschirm und immer wieder den Schein an. Sie prüfte die Zahlen wieder und wieder. Ja, sie waren es. Ihr wurde abwechselnd heiß und kalt. Wie sollte sie dieses Unglück verdauen, wie konnte sie das jemals irgendjemandem erzählen? Fünf Richtige! Die Chance verpasst! Ilona saß mindestens eine Stunde wie betäubt auf ihrer hübschen Rosencouch, den Schein in der Hand. „Das ist ein großes Pech", sagte sie zu sich selbst. Ilona ging schlafen, aber sie machte kein Auge zu. Die ganze Nacht wälzte sie sich hin und her, weinte, hätte am liebsten geschrien. Nun würde ihr alles noch schwerer fallen nach dem entgangenen Gewinn. Sie musste Montag wieder zur Metzgerei und sie musste einen zusätzlichen Putzjob suchen, da das Geld nicht ausreichte, um etwas zu sparen. Der Lohn in der Metzgerei gab nicht einmal achthundert Euro im Monat her, das deckte die Kosten mit knapper Not. Ilona brauchte mehr. Im Morgengrauen schlief sie endlich erschöpft ein.

Sonntagnachmittag plante Ilona mit Monika einen Spaziergang am nahegelegenen Fluss. Sie bereitete Monika vor, zog ihr eine Jacke an und ließ sich nichts von ihrer Enttäuschung anmerken. Sie lachten und alberten herum. Als sie Monika mit dem Rollstuhl zur Haustüre schob, sah sie einen jüngeren Mann vor dem Haus stehen. Er suchte wohl einen Namen auf den Schildern und sie fragte ihn, ob sie helfen könne. Er antwortete auf Ungarisch und stellte sich vor: Es war der Ehemann von Viktoria. Er erklärte, dass er nach Arbeit suchen wolle und Viktorias Mutter Erika, hatte ihm Geld mitgegeben, damit er ein Geschenk für Ilona besorgen sollte: So einen Schein, den er gestern besorgt hatte, auf dem er bestimmte Zahlen ankreuzen sollte und entschuldigte sich, weil es nur ein Stück Papier war. Erika hatte nicht viel Geld, aber sie ließ es sich nicht nehmen, wenigstens eine Kleinigkeit für Ilona mitzugeben. Ilona nahm den Schein, sah Viktorias Ehemann, Erikas Schwiegersohn mit gütigem, fast mitleidigem Blick an: ‚Du Armer, du weißt gar nicht was, du mir antust'. Sie schaute den Schein an: Es war ein Lottoschein, vier Wochen gültig. Sie hielt die rechte Hand vor Augen, traute sich nicht hinzuschauen. Erika kannte ihre Zahlen sehr gut. Doch ob Viktorias Mann diese auch angekreuzt hatte, wagte sie nicht zu hoffen. Einzeln ließ sie die Finger von ihren Augen abstehen und sah sich die Zahlen nacheinander an: 5, 7, 12, 17, 21, 46! Ja, sie waren es! Sie prüfte noch einmal die Gültigkeit des Scheins: Ja, er war gültig. Kein Zweifel. Ilona stieß einen Freudenschrei aus, umarmte Viktorias Ehemann, umarmte Monika und sprang sozusagen vor Freude in die Luft! Am Montag gab es die Quoten: Sie hatte achtunddreißig-tausendfünfhundert Euro gewonnen! Viktorias Ehemann und Erika waren die Glücksboten, und ihre Anya machte sich auf den Weg zu ihrer Enkelin. Ilona kündigte bei Metzger Miesmacher, der schaute entsprechend überrascht und machte Ilona sogleich ein Angebot: Mehr Lohn, eine feste Anstellung und sogar bezahlten Urlaub! Sie sei die beste Putzfrau, die er jemals gehabt hätte und er wäre ohne sie aufgeschmissen, weil gute Putzfrauen gäbe es nicht viele. Als er sprach lächelte er sogar leise. Ilona sagte Ja und alle lebten glücklich bis ans Ende ihrer Tage.

Der Diener und der Jäger

„Sie wünschen noch etwas, Sir?" James nahm den Teller seines Herrn vom Tisch. Dieser antwortete: „Nein, James. Bitte bringen Sie noch einen Cognac und einen kleinen Imbiss in die Bibliothek. Ich ziehe mich dorthin zurück."

Sir Bens' Bibliothek war äußerst umfangreich. Mit schlichter Geste, einem leichten Winken der rechten Hand, schickte er James in den wohlverdienten Feierabend und wandelte hinüber in den großen, üppig eingerichteten Raum, dessen Bücherschränke aus Mahagoni vom Boden bis zur Decke reichten, übervoll mit wertvollen Büchern. Ein schwerer orientalischer Teppich schmückte das Parkett, am Fenster ein Sekretär, in der Mitte ein mega-großer Ohrensessel aus Leder, braun, schon etwas abgenutzt, daneben ein kleiner Glastisch und eine Stehlampe aus Messing passten sich dem Basis-Kolonialstil ausgezeichnet an. Eine dunkle, mit Samt bezogene Chaiselongue suggerierte Bequemlichkeit, doch Sir Ben lag niemals darauf, darüber hing ein Bärenfell mit einem Kopf, der einen mit aufgerissenem Maul und großen runden Augen ansah.

Wie immer nahm er ein Buch aus dem ersten Schrank direkt neben der Türe. Zurzeit interessierten ihn die alten Germanen und ihre Jagdtechniken. Die Jagd war sein Hobby, ja seine Leidenschaft. ‚Früher', dachte er, ‚in den Bergen Alaskas, da schoss ich ihn, den Bären da'. Er musste lächeln während er an seinem Cognac nippte und auf den bedauernswerten Bären sah. Der Schreck stand dem armen Tier heute noch im Gesicht, und das war nun schon exakt vierunddreißig Jahre her. Mit dem Gefühl des Überlegenen, dem des Siegers, las Sir Ben in seinem Germanen-Buch, nippte zwischendrin immer wieder an seinem Cognac.

Sir Ben hatte in seiner aktiven Zeit nichts ausgelassen. Er kaufte in Indien Teppiche, Gleiches im Orient, schoss Bären in Alaska und einen Tiger in Russland, genauer gesagt in Sibirien. Außerdem, sein ganzer Stolz, waren die Zähne des afrikanischen Elefanten. „Die darf man nicht mehr jagen, leider. Nicht mal ihre Zähne darf man mehr besitzen." höhnte er gegenüber seinen Freunden beim Herrenabend, zugleich prahlend über seinem Besitz. Sir Ben erinnerte sich genau an jenen Abend, der ihm durch merkwürdige Ereignisse zum regelrechten Desaster wurde. Der Anlass des Herrenabends war seine Rückkehr von einer äußerst erfolgreichen Safari in Kenia. Sir Ben hatte einen Elefanten erlegt und dessen beachtliche Stoßzähne mitgebracht. Nun gab er dies zum Besten, hielt eine Rede und erhob das Glas. Sein Butler James hatte ihm nämlich just in diesem Augenblick ein Glas Rotwein, allerbesten Bordeaux, über seine Hosen geschüttet. Mit ergebenster Entschuldigung und „Verzeihen Sie Sir, es wird nicht wieder vorkommen. Darf ich Ihnen die Hosen abnehmen, Sir? Der Fleck muss sofort entfernt werden", hatte sein Butler reagiert. Und Sir Ben hatte seine Hosen in Gegenwart der anderen Herren ausziehen müssen, denn „Mit Verlaub, Sir..." so James, es sei unerlässlich „...die Hosen sofort zu bearbeiten, Sir. Nur eine Sekunde zu spät und der Fleck geht nie wieder heraus.", drängte James. Es dauerte ein wenig bis die frischen Hosen kamen. James hatte die beschmutzten Hosen erst einweichen müssen. „Morgen bringe ich die Hosen in die Reinigung, Sir." „Warum habe ich das Gefühl, dass James mich absichtlich auf meine Hosen warten ließ?", bemerkte Sir Ben seinen Freunden gegenüber und kniff das rechte Auge mit dem Monokel darauf zu. Die Herren lachten über das ungeschickte Verhalten des Dieners, machten Witze über seine steife, stoische Art sich zu verhalten. „Als hätte er einen Besen verschluckt...", meinte einer von ihnen, lachte dabei und fand seine Bemerkung selbst sehr komisch. Die Hosen tauchten niemals wieder auf. „Die Reinigung bekam den Fleck leider nicht heraus, Sir", hatte James mitgeteilt und fixierte seinen Herrn mit eindringlichem Blick. Sir Ben konnte James' Blick nicht standhalten und nahm die schlechte Nachricht misstrauisch hin.

Es war spät am Abend. Sir Ben saß im braunen Ledersessel mit gerunzelter Stirn und ernster Miene, vertieft in sein Germanen-Buch. Stille. Draußen ist es stockduster. Schwarze Nacht, schwärzer als gewöhnlich. Da hörte er ein leises Scharren. Er zog die Augenbrauen hoch, schaute in Richtung Chaiselongue und murmelte: „Was soll das?". Nichts zu sehen, Achselzucken. Er nippte wieder an seinem Cognac und nahm ein Stück seines Spätimbisses, was er stets um diese Zeit tat: Brot mit Schinken, Brot mit Roastbeef, deftig zubereitet. „Muh!" Sir Ben schloss seinen soeben geöffneten Mund, das Schinkenbrot noch in der Hand, öffnete den Mund wieder. „Mmmuh!" Schloss ihn, legte das Stück zurück auf den Teller. „Was in aller Welt ist das?" Ein Scharren an der Wand aus Richtung Chaiselongue, diesmal etwas lauter. Plötzlich bewegte sich die Bärenpfote.

Die Krallen scharrten mehrmals deutlich hörbar an der Wand, so dass auf einmal ein Riss in der Tapete zu sehen war. „Was soll das, Bär? Du bist tot." Da hub sich der Kopf des Bären, er riss sein Maul auf und brüllte ihn an: „Roarrr!" und noch mal: „Roarrr!" Laut brüllend sah der Bär ihn mit toten Augen, die sich plötzlich rollten, und mit bedrohlich verzogener Miene an. Auch Sir Ben öffnete seinen Mund, ließ ihn in dieser Haltung, wodurch er etwas vertrottelt aussah, die Augen weit aufgerissen vor Schreck. „Nein, wie ist das möglich? Ich glaube das nicht, das kann und darf nicht wahr sein." Als er versuchte, wieder in seine alte kolonialistische Siegerpose zu fallen und Befehle erteilen wollte: „Hier hat Ruhe zu herrschen, ein toter Bär ist ein toter Bär, nicht wahr?", da hörte er den Ruf des Elefanten, gleich darauf ein Weinen direkt von unten. Es war wie das Weinen eines Kindes, dann mehrerer Kinder, vieler Kinder. Und Blut! Sir Ben konnte sehen wie auf seinem wertvollen Teppich ein Rinnsal von Blut entstand, das größer und schlussendlich, zur Blutlache wurde. Vom Schreibtisch aus war das Kreischen eines Affen zu hören, aus dem Stuhlbein wuchs binnen Sekunden das Gesicht eines Orang-Utan-Babys. Der Teppich weinte und blutete, eine weitere und noch eine Blutlache bildeten sich, bis der Teppich rot war von Blut und das Kinderweinen wollte nicht aufhören. Der Bär brüllte ihn an, scharrte mit beiden Vorderpfoten und drohte von der Wand geradezu in Sir Bens Gesicht zu springen. Das Orang-Utan-Baby kreischte vor Schmerz, die Schinkenstücke grunzten wie Schweine, das Roastbeef muhte, bewegte sich wellenförmig von seiner Unterlage. Aus den Regalen floss grün-braune Brühe, die Bücher fielen zusammen bis alles zu Staub zerfiel. Der Elefant stieß einen unerträglich lauten Ruf aus, Sir Ben hielt sich die Ohren zu. Doch da vernahm er von außen ein Brüllen, das er sofort erkannte: Der Tiger! Der Tiger kam näher, er konnte es an seinem Brüllen erkennen, das lauter und lauter wurde. Schließlich, „er muss vor der Tür stehen" entsetzt blickte Sir Ben zu eben dieser. Wie von einem enorm starken Windstoß angeblasen, stob die Tür mit einem Ruck auf und da stand er, der Tiger! Er brüllte ihn an, Sir Ben sah ihn an und stand mit zittrigen Knien da. „Ich bin verloren!" stieß er wehmütig und ängstlich hervor und, mit Verlaub, machte sich in die Hosen. „Mäh." Plötzlich das Meckern einer Ziege. „Was soll das? Eine Ziege?" Sir Ben war nun auf alles gefasst, wilde Tiere, kreischende Affen, weinende Kinder, der Ruf des Elefanten und das Brüllen des Tigers, der übrigens immer noch in der Türe stand. Doch eine Ziege? Er hatte keine Ziege hier. Kein Fell, kein Fleisch, kein Fitzelchen einer Ziege. „Mäh." Da stand sie. In voller Größe, nun ja, sie war nicht sehr groß, hatte den Kopf gesenkt, ihre Hörnchen zum Kampf gestellt. Da rannte sie los, direkt auf Sir Bens dicken Bauch zu. Sie war schnell. Doch als sie ihn fast erwischt hätte, Sir Ben schloss die Augen, verschwand sie, alle verschwanden, alle und alles. Mit einem Ruck waren alle, Affen, Elefanten, auch der Tiger, das Weinen, das Blut, weg. Sir Ben sah vorsichtig zum Bären, der hing friedlich an der Wand, tot wie schon seit vierunddreißig Jahren. Er setzte sich in seinen Sessel, die Bücherregale hatten ihre Bücher wieder als wäre dies alles nicht geschehen. Sir Ben fiel in Ohnmacht.

„Hallo Sir, aufwachen!" James klatschte ihm eine links und noch eine rechts. „Aufwachen, Sir!" James war vom lauten Ruf seines Herrn wach geworden und fand ihn in der Bibliothek liegend. Langsam kam Sir Ben wieder zu sich und rief: „Was ist passiert? Wo ist sie?" „Wo ist wer, Sir?" „Na, die Ziege? Sie war eben noch hier." „Sir, ich versichere Ihnen, hier war und ist keine Ziege." ‚Alles gut', dachte Sir Ben. ‚Nichts passiert'. „Ich muss wohl eingeschlafen sein, ein Alptraum war das. Na, Gott-sei-Dank, jetzt ist es vorbei. Vielleicht war das Essen heute Abend zu schwer. Was war es eigentlich, James, was ich heute aß?" „Sir, es gab Lamm mit Bohnen, wie Sie es wünschten." „Oh, deshalb…" Sir Ben lag das Lämmchen wohl schwer im Magen. „Danke James, ich gehe nun zu Bett. Für heute habe ich genug. Morgen möchte ich Gemüse, kein Lamm, kein Schwein, kein Roastbeef. Nur Gemüse." „Wie Sie wünschen, Sir." James grinste insgeheim. „Und hängen Sie den Bären ab. Die Stoßzähne müssen verschwinden und vor allem: Das Tigerfell im Kaminzimmer, es muss weg. Nie wieder werde ich jagen, es ist einfach zu gefährlich, James." Sir Ben wackelte kopfschüttelnd, schwach wie noch nie, in seine Gemächer und wollte nur noch schlafen. „Übrigens, James, bitte räumen Sie auch das Germanen-Buch weg. Ich benötige es nicht mehr. Danke."

James nahm das Buch, das Sir Ben gelesen haben musste vom Glastisch und räumte es in den Schrank. Er schaute vorher noch auf den Titel: „Die perfekte Umwelt. Wie schütze ich Flora und Fauna? Ein Ratgeber für Engagierte und solche, die es werden wollen." Auf dem Titelbild waren im Hintergrund Berge, strahlend blauer

Himmel und das Porträt einer Ziege. „Nun kann ich das Buch wieder zurücklegen, er hat verstanden, glaube ich."

„Mäh."

Die Ruhelosen oder Das fremde Grab

Knisternde Stille, Vollmond, schwarze Nacht. Es ist weit nach Mitternacht. Die Dunkelheit ist undurchdringlich, man sieht die Hand vor Augen nicht, so schwarz ist es. Doch, hier vorne rechts, ein kleines Licht, ein Lebenslicht. Es durchbricht die Dunkelheit. Jemand muss es am Vortag angezündet haben. Und ein paar Gräber weiter, da brennen zwei, drei Lichter. Ein Schatten, fast mannshoch, steht auf einem der beleuchteten Gräber und entpuppt sich als Lebensbaum. Ein zartes Rauschen durchdringt die für Stadtmenschen unerträgliche Stille. Der Wind fährt durch die Baumkronen und erweckt sie zum Leben, lässt sie flüstern. Die Toten schlafen, so denkt man.

Der Weg vom Hauptportal bis hin zum Grab der berühmten Sängerin Aurelia Knorps ist weit, etwa zehn bis fünfzehn Minuten, wenn man bequem geht. Für einen Stadtmenschen schon ganz schön viel, nicht wahr? Vorbei an diesem, folgen weitere alte Gräber, überwuchert mit Efeu, bewachsen mit Rosenbüschen, kleinen Hecken, die so manches Grab umrahmen. Und noch ein, fast, mannshoher Lebensbaum. Die Frage, warum dieser Baum ausgerechnet „Lebensbaum" heißt, lässt sich an diesem Ort schwerlich beantworten. Keiner und keine lebt hier mehr an diesem Ort: dem Zentralfriedhof. Ein Stück nach rechts liegen welche, die uns erst vor wenigen Jahren verlassen haben. Ob sie ihre Ruhe gefunden haben? Der Wind wird stärker, das Rauschen auch. Doch da ist noch etwas. Ein Schatten dort, dort auf einem der Gräber. Sind es die Gräber der Ruhelosen, jener, die noch nicht den Weg, ihren letzten, gefunden haben? Der Umriss einer Gestalt, die sich durch Helligkeit vom Dunkel abhebt, ist zu sehen. Es ist, als würde einer auf seinem Grab spazieren, gar tanzen. Ungeschickte Bewegungen. Es sieht so aus, als wolle er herunter von diesem Grab, als würde er es wie ein fremdes betrachten, als wäre es nicht seines. „Was haben diese Idioten bloß gemacht? Dies ist nicht der rechte Ort für mich. Nicht die Nummer A 17. 17, was für eine Zahl! Sie bringt Unglück und mich nicht ins Jenseits. Und dann dieser Engel hier, er ist aus Stein und kalt wie der Tod." Seine Bewegungen sind die pure Verzweiflung, er möchte weg. Dennoch schlupft er, nach einigem Hin und Her wieder hinein. Es ist wohl doch seines. So haben es die Lebenden bestimmt. A 17 ist das Rechteck, auf dem er den Rest seines, ähm, wo er die letzte Ruhe zu finden hat.

Aus dem Nachbargrab schlupft ein anderer heraus, auch seine Gestalt hebt sich hell vom Dunkel ab. Er schaut auf das andere Grab, A 17, neben sich. Ja, das müsste wohl seines sein, aber er ist sich nicht sicher. Auf dem Kreuz steht sein Name, welcher ihm bekannt vorkommt, jedoch, er kann sich nicht erinnern. „Wie war das? Ich weiß nur, dass mein Name ein „K" enthielt oder doch ein „L"? Diese Lebenden sind unfähig, uns Tote richtig zu begraben. Sie verwechseln die Namen, verwechseln die Gräber und zu guter Letzt legen sie buntes Gemüse obendrauf, so dass man fast daran erstickt..." Er verhöhnt diese Makel aufs äußerste und schimpft auf die Lebenden, ihre Unfähigkeit zu erkennen, was wirklich wahr ist, im Schutze der Dunkelheit und deren Abwesenheit. „Meine Existenz findet hier und woanders statt. Das Woanders kennt kein Lebender und so wird es auch bleiben." Nach seiner Rede schlupft auch er wieder in sein Grab zurück, A 18 im Übrigen. Wir verlassen die beiden Unzufriedenen.

Es ist Morgen. Die Vöglein zwitscherns von den Bäumen, was gestern Nacht los war, welche Unruhe an diesem sonst so friedlichen Ort herrschte. Die Sonne scheint als wolle sie sagen: „Ihr Vöglein, ich weiß gar nicht was ihr habt, was regt ihr euch auf. Ein neuer, vielversprechender Tag beginnt. Was gestern war, schert mich nicht. Dieser Tag wird alles verändern." In der Tat dürfte es wohl ein warmer Frühlingstag werden, wolkenloser Himmel, kein Regen in Sicht. An solch einem Tag musste es welche geben, die die Pflanzen, oh, Verzeihung, das bunte Gemüse, gießen. Und dort auf dem Hauptweg kommt schon eine Person, eine Frau, eine Lebende, die sehr früh unterwegs an diesem verschlafenen Ort ist, so kurz nach dem Frühstück, also gegen neun Uhr. Die Frau, nennen wir sie Erna Schultze, Schultze mit „t", muss wohl weit über 80 Jahre sein, ist für ihr Alter sehr rüstig. Sie trägt einen schweren Sack Erde mit beiden Händen. Doch was macht sie nun? Beinahe wäre sie an dem von ihr angesteuerten Grabe vorbeigegangen. Sie bremst ihren energischen Schritt als sie es bemerkt, „verflixt, wie kann ich nur...An der fetten Aurelia bin ich doch schon vorbei...." und legt zunächst leicht schnaufend und mit großer Erleichterung, den Sack ab, exakt zu Füßen des weißen Marmorengels, ihrem Engel. Erna Schultze schaut nach oben, ihrem Engel ins Gesicht, der keine Miene verzieht und auf Ernas

Lächeln nicht reagieren will. Ihr macht das nichts aus, dieser Engel ist ihr sehr vertraut.

Erna Schultze ist geistig nicht immer auf Höhe, was sich durch eine gewisse Vergesslichkeit bemerkbar macht. Gestern zum Beispiel hat sie ihrem Briefträger Müller mitgeteilt, er kommt immer gegen zehn Uhr morgens, er solle ihr künftig keine Briefe bringen, auf denen Schulze mit „t" geschrieben sei, denn sie hieße Schulze ohne „t". 'Was soll das nun? ' dachte Müller bei sich. Erna Schultze schreibt sich schon seit den letzten rund zwanzig Jahren, jedenfalls seit er für diesen Bezirk zuständig ist, mit einem „t". Briefträger Müller nahm es hin und sie nicht für voll. Er nickte, er kannte ihr Temperament und friedliebend wie er nun mal ist, vermied er jede Art von Streit. Erna Schultze bekommt also weiterhin ihre gesamte Post, auch die mit „t".

Seit dem Tode ihres Mannes vor drei Jahren ist sie etwas seltsam geworden. Sie lässt keine Menschenseele mehr in ihre kleine Wohnung hinein, es sei denn, es wäre der Gasmann. Auch trifft sie kaum noch Menschen außerhalb dieser. Sie redet mit sich selbst, zumeist schimpfend. Nähert sich jemand, was manchmal unvermeidlich ist, vor allem, wenn Erna Schultze zum Arzt muss oder in die Apotheke, wenn ein Nachbar sie vorm Haus entdeckt oder sie zum Supermarkt muss, dreimal die Woche, dann schaut sie verkniffen, ihre Augen werden ganz klein, ihr Stock zum Anheben bereit, und es kann vorkommen, dass sie auf dem Heimweg Sätze murmelt wie „...der hat mir doch falsch herausgegeben!" schaut auf den Bong und zählt das Restgeld nach. Das eine oder andere Mal läuft sie zornig zurück ins

Geschäft, ‚man kann keinem mehr trauen heutzutage', denkt sie und putzt den Verkäufer oder die Verkäuferin herunter, nennt diesen oder diese „Betrüger", Betrügerinnen kennt sie rein emanzipatorisch nicht, begnügt sich mit der männlichen Verallgemeinerung, und mit den Worten: „...eine alte Frau übers Ohr hauen zu wollen, eine Schande ist das!" und die armen Menschen geben ihr zumeist die vermeintlich einbehaltene Summe von 10 Cent oder ähnlich kleine Beträge zurück, wenn auch nicht überzeugt und kopfschüttelnd obendrein, was sie jedoch erst tun, wenn Erna Schultze um die Ecke ist. Manchmal, selten, hat Erna Schultze auch Recht, doch ihr Gezeter, gemessen am Betrag, um welchen es geht im Allgemeinen, ist übermäßig und vernichtend für jeden, der ihr in die Quere kommt.

Sie begrüßt den Engel und fängt mit der Pflege von Karls Grab an, nennt ihn Helmut, sicher, dass sie den Richtigen, also das richtige Grab, gefunden hat. Ohne Zweifel, es ist das mit dem Engel darauf. Engelsfiguren, Engel überhaupt, gehörten zu ihrer Kindheit. Ihre Schwester Lina erzählte immer von Engeln und liebte diese über alles. Sie glaubte daran, dass Engel sie beschützten und hatte selbst Engelsfiguren auf einer Art Altar zu Hause in ihrem Wohnzimmer. Lina ist bereits tot, ist sie tot? Erna Schultze denkt nach, kann sich nicht erinnern, seit wann sie Lina verlassen hatte, wenn überhaupt. ‚Das muss das Alter sein', denkt sie, vermutet aber, dass Lina sie begleitet wo immer sie ist und spricht mit ihr über Helmut, ihren Mann, dessen Grab sie glaubt, zu pflegen. „Ach, Lina, was habe ich nicht alles für diesen Mann getan. Doch er war immer für mich da, wenn es auch nicht immer leicht war." Sie buddelt und gräbt, schüttet frische Erde auf, verteilt sie sorgfältig mit ihren kräftigen alten Händen. „Damals hätte ich Karriere machen können, ja, doch Helmut wollte nicht, dass ich, seine Frau mehr verdiene als er. Du sollst nicht so viel arbeiten, hatte er gesagt." Ihr Mann Karl war ein rechter Pfeffersack und auf seinem Gebiet, er war Versicherungsvertreter, ein Schlaukopf. Doch in ihrer Ehe war er eher behäbig. Erna Schultze machte den Haushalt, wusch, kaufte ein, putzte und achtete darauf, dass er stets ordentlich und sauber ins Geschäft kam. Kinder wollte er nicht. „Du hast keine Zeit, sieh mal an, wie du schuftest. Kinder kreischen herum und machen Dreck und Arbeit." Die Füße hochgelegt, fragte er, was es heute zu Essen gäbe und wenn es ihm nicht passte, verzog er das Gesicht. Seine Frau änderte den Speiseplan deshalb schon auch das eine oder andere Mal. Samstagabend ging Karl zum Tanz. Erna ging nicht mit, sie war oft zu müde und redete sich mit Kopfschmerzen heraus. Karl ging aus, Erna ging schlafen, sie wartete längst nicht mehr, es konnte spät werden. Das war Karl. „Alle die Dämchen, die er kannte, haben sich nicht um ihn gekümmert. Ich habe ihn gepflegt als er schwer krank war. Ich bin jeden Tag ins Krankenhaus, habe ihm sein Lieblingsessen gebracht, habe gewartet und ihm die Hand gehalten. Ja, Lina, er war dankbar, dass ich da war. Lass mich nicht allein, hatte er gesagt. Ich habe ihn nie im Stich gelassen, Lina. Gelitten hat er, der arme Mann. Und er war ein guter Mann. Fast unser ganzes Leben haben wir miteinander verbracht, über dreißig Jahre! Lina, du hattest nicht so viel Glück, das musst du zugeben. Als dein Albert starb mit 42 Jahren, da bist du allein geblieben und keiner war dir recht. Der hat eine zu große Nase, der andere hat kein Geld, jener ist ein Filou, dieser zu langweilig. So bist du allein geblieben. Mein Helmut, der war immer bei mir. Jaja, es war nicht immer einfach, aber man muss zusammenhalten, Lina. Ohne dem geht es nicht. Aber dir haben die Engel gereicht, das hast du gesagt. Meinen Helmut wolltest du mir ausreden, fast hätte ich dir geglaubt. Ich war sauer auf ihn als er damals seine schmutzige Affäre mit dieser Rothaarigen hatte." Erna Schultze pflanzt ein weißes Alpenveilchen hier, ein zweites dort. Ach, die Sommerbegonien würden hier gut hinpassen, pflanzt diese in der Mitte des Grabes, drei Stück davon, und während sie die Erde festklopft sagt sie zu Lina weiter: „Aber ich bin froh, dass ich nicht auf dich gehört habe. Er brauchte mich, ich war immer für ihn da und das war gut so. Er hat es mir gedankt. Jeden Tag haben wir zusammen Kaffee getrunken und geredet. Ich habe ihm jede Woche einen Kuchen gebacken und der hat ihm geschmeckt, das kann ich dir sagen, Lina. Er musste viel zu früh gehen, der arme Mann. Jetzt bin ich allein, keiner mehr da. Und er meinte es immer gut mit mir. Zum Beispiel, als ich damals vom Chef meine Beförderung bekommen sollte, da hat er mir abgeraten. Zu schwer, zu viel Arbeit. Was machst du, wenn sie dich ausgenutzt haben, dann kriegst du einen Tritt und das war's. Ich war nicht sicher, ob er Recht hatte, aber ich habe auf ihn gehört, wie meistens. Er meinte es nur gut mit mir. Und wenn ich mal nicht auf ihn gehört habe, Lina. Was ist dann passiert? Ich musste feststellen, dass ich auf dem Holzweg war. Dann hat er aber mit mir geschimpft, mit Recht. Er hat es immer gut mit mir gemeint. Jetzt bin ich allein."

Traurig sah sie die Begonien an, fasste sich schnell wieder. Sie holte Wasser, begoss die Pflanzen und freute sich: „Jetzt hat er's wieder gut. Er hat Blumen so gern gemocht." „Nee, Blumen habe ich gehasst. Vernichtet habe ich sie mit Unkrautvertilgungsmittel!" schallt es von irgendwo her. Erna erschreckt, schaut sich um. Die Stimme klang irgendwie blechern und musste von neben gekommen sein. Doch hier ist keiner, nur sie allein. „Was soll's. Ich fang schon an zu spinnen." und weiter: „So, Lina, jetzt bin ich fertig." Sie zündet eine Kerze an und verabschiedet sich von ihrem Engel, stellt die Gießkanne wieder auf ihren Platz am Brunnen und geht ihrer Wege mit den Worten: „Wer wird sich mal um mein Grab kümmern? So schön habe ich sein Grab gemacht, Lina. Ach, es ist halt keiner da, mir ist es sowieso egal!" Sie starb am nächsten Tag ganz plötzlich.

Lina erscheint in Gestalt eines Engels, steht an Karls Grab und schaut auf das vorbildlich gepflegte Grab seines Nachbarn Helmut, der sich von unten freudig äußert: „Danke, Erna für die schönen Blumen." Aus dem Grab daneben hallt es höhnisch: „Diese Frau ist alt geworden und vergesslich noch dazu! Ja, weiß sie denn nicht mehr, dass ich das elende grüne Gemüse nicht mag, niemals mochte? Nun geht sie dahin und hat mich verschont ohne es zu wissen. Dafür bin ich ihr dankbar bis in alle Ewigkeit!" Lina schüttelt den Kopf: „Schweig für immer, A18!" Der nunmehr Namenlose verschwand im Jenseits auf ewig.

Der Besuch oder Das Glück des gebrochenen Herzens

Herr Weidenborn rasierte sich gerade als das Telefon klingelte. „Autsch", er rutschte mit der Klinge ab und schnitt sich in die Wange. Alfred saß ihm zu Füßen, doch als es klingelte lief er aufgeregt hin und her, schwanzwedelnd versteht sich. „Weidenborn hier, wer da?" Energisch begrüßte er den Anrufer. „Hallo Oskar. Hier ist Hermine. Wie geht es dir?" Hermine ist Weidenborns Cousine ersten Grades. „Lieber Oskar, ich komme gleich zur Sache: Mein Bruder ist in deiner Stadt und ich habe ihm geraten, bei dir vorbeizuschauen, du weißt ja, es geht ihm nicht besonders gut." Das war noch diplomatisch ausgedrückt. Ihr Bruder war ein armer Tropf. Hatte nichts auf der Kante, schon gar nicht auf der hohen. Schlief manchmal sogar auf der Straße. „Liebe Hermine, ich weiß nicht, ob ich das kann. Zurzeit bin ich viel unterwegs mit Alfred, ich glaube nicht, dass ich mich um ihn kümmern kann." Hermine ließ nicht locker: „Du weißt, er braucht nicht viel. Nur ein Bett und eine Kleinigkeit zu essen. Ich mache mir große Sorgen. Es ist sonst auch keiner zu erreichen. Lieber Oskar, tu mir bitte den Gefallen, bitte. Er sah in letzter Zeit ziemlich angeschlagen aus und jemand muss sich doch um ihn kümmern." Als Weidenborn Ja sagte, fing Alfred an zu bellen. Ob dies nun Begeisterung oder Missfallen war, konnte Weidenborn nicht erkennen. Hermine teilte dem weich gewordenen Weidenborn mit, dass ihr Bruder heute Abend käme und er solle doch bitte alles vorbereiten, also eine Schlafstatt und ein warmes Essen. „Am liebsten mag er Gulasch und Nudeln. Und vielleicht noch eine warme Suppe vorher." Soviel Bescheidenheit hatte er ihm gar nicht zugetraut, diesem Vagabunden. Weidenborn war nicht wirklich begeistert. Alfred sah das wohl genauso und bellte. „So, Alfred, auch dir missfällt unser überraschender Besuch. Machen wir das Beste draus." und grinste: „Lange wird er nicht bleiben, dafür sorge ich schon."

Sein Cousin war so um die Fünfzig, also jünger als Weidenborn, und längst nicht im Rentenalter wie Weidenborn selbst, doch nicht mehr jung genug, um noch mal so richtig durchzustarten. Die Familie hatte sich in den letzten zehn Jahren um ihn gekümmert und ihn stets irgendwie durchgefüttert, ihn gnädig von Zeit zu Zeit aufgenommen, jeder war mal dran, wenn es ihm mal wieder besonders schlecht ging, und jetzt war Weidenborn an der Reihe.

„Er ist eben ein armer Tropf", murmelte Weidenborn vor sich hin. „Aber das Schlimmste, Alfred, ist: Er ist KÜNSTLER!" Er presste das Wort derart zwischen den Lippen hervor, so dass man denken könnte, es wäre eine Pest. Er hatte nie Erfolg und noch dazu ein gebrochenes Herz. Was schlimmer ist, kann nur er selbst beurteilen. Es ist schon klar, dass für ihn die verlorene Liebe der größte Verlust in seinem Leben sein musste. Er hatte sich allerdings niemals dazu geäußert. Doch die Vermutung lag nahe, da er den Erfolg seit damals, als es geschah, nie mehr gesucht hatte. Er war nicht mehr der Gleiche wie zuvor. Für Weidenborn war eher die Erfolglosigkeit das Problem. „Ein Mann braucht den Erfolg. Dann kann er auch eine Frau finden." So und ähnlich äußerte sich Weidenborn, und das war auch die überwiegende Meinung der restlichen Familie. „Ach, Alfred, erst mal ist Schluss mit trauter Zweisamkeit. Aber nicht für lange, das steht fest." Er streichelte Alfred und gab ihm ein Leckerli, wofür dieser sich schwanzwedelnd bedankte.

„Komm Alfred, wir müssen noch einkaufen: Gulasch ist angesagt." Sie gingen los. Im Treppenhaus begegnete ihnen Herr Meyer. „Hallo, lieber Freund", grüßte Meyer und streichelte Alfred. Der freute sich über alle Maßen als hätte er den Meyer schon seit Monaten nicht mehr gesehen, sprang an ihm hoch als gelte es einen Preis im Stabhochsprung zu gewinnen. „Ja, ist schon gut, Alfred. Willi kommt auch bald, dann könnt ihr zusammen Katz und Maus spielen, gell." Meyer war manchmal naiv, dachte Weidenborn. Dennoch ein netter Kerl. Doch Weidenborn war nicht zum Lächeln heute und Meyer konnte ihm ansehen, dass etwas nicht stimmte. „Was ist los, lieber Freund. Kein guter Tag heute? Oder sind Sie etwa erkältet?" Ein übertrieben prüfender Blick mit distanzierter Affektion und absichtlicher Komik war dem Schauspieler wie auf den Leib geschnitten. „Nein, heute haben wir ein großes, sehr lästiges Problem, lieber Meyer. Mein Cousin ersten Grades kommt heute Abend zu Besuch. Nicht nur, dass ich sein Bett beziehen, Alfred seinen Schlafplatz opfern und im Korb schlafen muss, der Ärmste", er tätschelte, sich selbst beruhigend, seinen Dackel, „nein, ich muss Gulasch kochen, als könnte ich das." Meyer runzelte die Stirn: „Aber warum, lieber Freund, warum nur?" Weidenborn übertrieb es erheblich mit seiner schlechten Laune und berichtete: „Mein lieber Cousin ist ein armer Tropf, er ist Künstler, lieber Herr Meyer! Nichts gegen Sie, Sie verdienen ja Ihr Geld jeden Abend im Theater, aber er..." „Was für ein Künstler ist er denn, lieber Weidenborn?" Dem standen die Haare fast zu Berge als er das Wort aussprach: „MALER, lieber Meyer! Einer von der ärmsten Sorte, Sie wissen ja, ein schweres Brot, wenn überhaupt." Herr Meyer bedauerte Herrn Weidenborn, sprach ihm Mut zu: „Malen ist durchaus etwas sehr Ehrenwertes, lieber Herr Weidenborn. Sie schaffen das schon." Auch bot er an, wenn es ihm zuviel würde, könne er den „Maler" ruhig mal bei ihm vorbeischicken.

Am Abend, genau um Sieben Uhr, klingelte es an Weidenborns Tür. „Komm Alfred, wir tun unser Bestes, wie abgemacht." Er lächelte verkniffen, Alfred bellte nicht, wedelte nicht mit dem Schwanz, als der Cousin ersten Grades, der Künstler, ja, Maler, in der Türe stand. „Komm herein, Cousin Karl. Herzlich willkommen in meinem bescheidenen Heim." Sie begrüßten sich mit einer Umarmung, die aussah, als hätten beide einen Stock verschluckt. Karl kam herein. Er hatte einen schwarzen langen Mantel an, der schon bessere Tage gesehen haben musste, das dürfte jedoch schon einige Jahre her sein. Er trug einen Hut und hatte einen durchaus modernen, wenn auch angegrauten, Drei-Tage-Bart. „Ja, Servus, Cousin Oskar. Lieb, dass du mich bei dir aufnimmst, wobei ich sagen muss, das wäre nicht nötig gewesen. Meine Schwester hat, wie immer, ihre Finger darin gehabt und mich tagelang überredet, dir auf die Nerven zu gehen."

Oskar bzw. Herr Weidenborn konnte das nicht so stehen lassen und entgegnete sofort: „Lieber Cousin Karl, du würdest mir niemals auf die Nerven gehen. Schau, ich habe sogar ein Gulasch für dich vorbereitet. Ich weiß doch, dass das deine Lieblingsspeise ist." Sie setzten sich, Oskar servierte und Cousin Karl verschlang sein Gulasch mit Nudeln wie einer, der seit Tagen nichts mehr im Magen hat, und Weidenborn war nicht ganz unzufrieden, dass sein Gulasch doch recht gut gelungen war. Jedoch schauderte ihm bei dem Gedanken, dem Cousin könne es zu gut schmecken und er nahm sich vor: ‚Nächstes Mal mache ich es ungenießbar scharf'. Kaum gedacht, fiel sein Blick auf Alfred, der vor seinem Napf saß und weltvergessen schmatzend das superbe Menü, einige Brocken des herrlichen Fleisches, sichtlich genoss.

Am nächsten Morgen klingelte es und Meyer stand mit seinem Kater Willi vor der Türe. Die Tiere begrüßten sich freudig, Willi flitzte sogleich ins Wohnzimmer und Alfred flitzte hinter ihm her. Meyer warf ein Bällchen in den Raum und die Tiere jagten danach um die Wette, wobei, wie stets, das muss Alfred leider hinnehmen, Willi der Schnellere war. Die drei Männer tranken zusammen Kaffee. Meyer hatte Semmeln mitgebracht. Er war noch etwas müde. Nach dem Theater gestern Abend hatten er und seine Kollegen in ihrem Beisel nahe dem kleinen Volkstheater die Premiere ihres neuen Stückes gefeiert. Das Haus war voll gewesen, alle Karten waren verkauft. Ein solcher Erfolg war nicht ungewöhnlich. Das kleine Theater in ihrem Bezirk war sehr beliebt und nach vielen Aufs und Abs stellte sich ein mittlerweile stetig anhaltender Erfolg ein.

Meyer stellte fest: „Sie sind auch Künstler", und sah Karl gespannt an. Karl war das etwas unangenehm, er sprach nicht gerne über seine Arbeit. Am liebsten behielt er alles Diesbezügliche für sich. „Ja, ich male hie und da." Meyer bohrte: „Warum stellen Sie nicht aus? Darf ich mal einige Ihrer Bilder anschauen?" Karl meinte, er ginge heute am Abend los und würde einen Platz im Stadtzentrum suchen, um dort ein Bild zu malen und einige seiner Bilder auf- bzw. zum Verkauf ausstellen. Vielleicht würde er auch eines, mit viel Glück, an den Mann oder die Frau bringen können. „Apropos Frau: Haben Sie eine Gattin?" Weidenborn trat Meyer, dezent, dennoch unmissverständlich heftig, unter dem Tisch gegen das Schienbein und sah ihn eindringlich an, was bedeutete, er solle die Klappe halten. Diese Frage beantwortete Karl mit einem Achselzucken und den Worten: „Ich hatte mal eine, aber das ist lange her. Sie ist, glaube ich, nicht mehr unter uns." Dann schwieg er und Meyer, das Thema wechselnd, erzählte von seiner Premiere und der vielen Arbeit, die nun vor ihm und seinem Ensemble lag.

Später, am frühen Abend, es war noch hell, sah Karl Willi an seines Gastgebers Wohnungstüre vorbeistreifen. So fix er konnte, packte er die kleine Staffelei mit Malutensilien nebst einer Mappe mit Bildern und verfolgte Willi auf seinem Weg. ‚Wo will dieser Streuner bloß hin? Er ist auch ein Künstler, hat keine Ruhe, muss immer hinaus und stets auf der Suche', dachte Karl. Sie kamen an eine Brücke. Willi zögerte, blickte zum anderen Ende der Brücke und entschied, sie zu überqueren. ‚Eine schöne alte Brücke', fiel Karl auf. Sie erinnerte ihn, barock wie sie war, an die Karlsbrücke in Prag. Dort hatte er viele Wochen verbracht, viel gemalt. Die

Touristen hatten ihm die Bilder aus der Hand gerissen, das war gut für ihn, denn sonst musste er sich stets mühen und zu einem äußerst günstigen Preis verkaufen, nur, um zu überleben. Die Begeisterung der Leute war ihm höchst unwichtig gewesen, verkaufte zwar, feilschte aber nicht um den Preis. Einer hatte ihn gefragt, es muss wohl ein Galerist aus Deutschland gewesen sein, ob er nicht mal zu ihm kommen wolle, sie könnten eventuell ins Geschäft kommen und gab ihm seine Visitenkarte. Karl hatte diese Geste kaum beachtet, die Karte eingesteckt und den Vorschlag des Herrn sogleich vergessen. Seit sie, seit Maria damals vor zehn Jahren aus seinem Leben verschwunden war, Gott weiß wohin, war ihm nichts mehr wichtig. Er wurde rastlos, innen wie außen. Die Reise nach Prag hatten sie beide geplant, genau heute vor zehn Jahren. Sie beide hatten sich so sehr darauf gefreut. Maria wollte sich als Modell auf der Brücke postieren und er sollte sie malen. Sie würde sich aufs Geländer setzen, kein Lüftchen und kein Tourist würde sie in ihrer Position stören können. „Bin gespannt, was du aus mir machst, Karl." „Die schönste Frau der Welt natürlich. Dein Lächeln wird Mona Lisa bei weitem übertreffen." Das war nicht nur so dahingesagt. Karl glaubte daran. Er liebte sie so sehr, so dass er nicht im Geringsten an der Wahrheit seiner Aussage zweifelte. Doch daraus wurde nichts. Sie verschwand und blieb verschwunden. Er hatte auf dem Bahnhof sehnlichst auf sie gewartet, jedoch war sie nicht erschienen, er war allein dorthin gefahren und hatte seitdem nur noch in den Tag hineingelebt.

Maria war damals vor zehn Jahren krank geworden, die Ärzte diagnostizierten Krebs, genaueres wusste Karl nicht. Ihre Familie hatte dafür gesorgt, dass sie in ein Krankenhaus irgendwo im Ausland käme. „Dieser Filou ist nichts für dich. Ein erfolgloser Maler. Einer, der es nie zu etwas bringen wird." So hatten sie auf Maria eingeredet. Konnte man es ihnen verdenken? Sie waren eine reiche Unternehmer-Familie. Maria sollte einen der Ihrigen heiraten. Niemals würden sie ihn akzeptieren. ‚Für Maria war es sicher besser, dass alles so gekommen ist', dachte Karl. Er vermutete auch, dass sie an ihrer schweren Krankheit gestorben wäre. „Ach, Maria" er sprach in Richtung Himmel, „ich wünschte, du wärest noch am Leben und wir könnten zusammen nach Prag fahren."

Willi hatte die Brücke überquert und ließ sich zunächst einmal auf einem großen Platz nieder, auf dem sich ein barocker Springbrunnen befand, dessen Tierfiguren, aus deren Mündern Wasser entsprang, prächtig aussahen. Willi saß da und schaute über den Platz, zwinkerte die Augen zu, so als würde er zu den Vorbeilaufenden sagen: ‚Hier ist es wunderschön, seht nur einfach hin'. Tatsächlich gab es hier genug Mäuse, das wusste Willi, er wartete die Dunkelheit ab. Noch war es zu hell. Gut für Karls' Malerei. Er stellte, nicht unweit von Willi, seine Staffelei auf und einige Bilder zur Ansicht. Vom Erlös der Bilder könnte er seinem Cousin Oskar etwas für Kost und Logis geben. Das war der Plan.

Karl malte Willi im Sprung. Er sah ihn an und stellte sich vor, wie Willi eine Maus jagte und einen weiten Sprung nach vorne machte. Gebäude oder Portraits wollte Karl nicht malen, dazu hatte er gerade keine Lust. Ihm gefielen Bewegungen und Aktionen, die aus einem Zusammenhang heraus entstanden. Die Leute blieben stehen und schauten ihm zu. Karl hatte richtig Spaß an diesem Bild, er pinselte, schaute zu Willi hin, pinselte weiter und beachtete seine Zuschauer nicht. Die fielen von Ahs und Ohs hin und her, suchten das Motiv des Malers und entdeckten es. Willi missfiel diese Aktion allerdings, denn gerade entdeckt werden wollte er nicht. Dennoch war er kein Spielverderber und Karl konnte ihn malen so viel er wollte, solange es zu hell zur Jagd war. „Oh, darf ich dieses Bild haben", fragte eine dicke Frau, die in bunter, typisch touristischer, Kleidung vor ihm stand. Sie wollte eines der Bilder „das mit dem Schloss drauf". „Macht 120,00 Euro, gnä' Frau" und die Frau kaufte es. Das Katzenbild war schon beinahe fertig, als sich eine Person hinter der Staffelei postierte und „Guten Tag, der Herr" sagte. Karl fühlte sich gestört, sein Motiv war verdeckt worden. „Guten Tag, gnä' Frau, würden Sie bitte zur Seite gehen? Danke." Die Frau blieb aber dort stehen und Karl wurde missmutig, da er sein Motiv, Willi nämlich, nicht sehen konnte. Außerdem schränkte sie seine Vorstellungskraft ein mit ihrer Anwesenheit. Er blickte sie stirnrunzelnd an, sie lächelte. Ihm war dieses Lächeln bekannt. Doch nein, ‚das kann nicht sein, es ist schon so lange her' und, ‚nein, unmöglich', dachte Karl. „Hallo Karl, du kannst ruhig weitermalen, aber ich würde mich freuen, wenn du mich wenigstens ein wenig beachten würdest." Karls Mund blieb offenstehen, er sah sie an als wie ein Ochse vorm Schlachten. Es soll ja Leute geben, die ihr Glück nicht wahrhaben wollen. Doch Karl war nicht so, nicht wahr?

„Du lebst?" Ja, sie war es: Es war Maria. Er erkannte sie endlich und tatsächlich, sie lebte. Und wie sie lebte!

Karl war sofort verzaubert von ihrem Antlitz. „Als wär' die Zeit stehengeblieben, so siehst du aus!" Maria reichte ihm die Hand, er nahm sie, küsste sie, dann umarmte und küsste er sie. Sie setzten sich auf eine Bank aus Stein und Karl konnte nichts sagen, Maria sprach für ihn die offenen Fragen aus. „Ich wurde von meiner Familie in ein Krankenhaus nach Amerika, nahe Washington gebracht. Die Ärzte haben mich retten können, es stand sehr schlecht um mich. Nach einer Operation und vielen Nachbehandlungen, einer Spezialdiät und Medikamenten wurde ich dennoch gesund. Danach habe ich dich überall suchen lassen. Doch es war, als würdest du vor mir davonlaufen. Immer, wenn ich dachte, ich hätte dich gefunden, warst du auch schon wieder verschwunden, Karl. Ich habe sogar eine Stiftung für verarmte Künstler gegründet, sie verköstigt und unterstützt, wo immer es nötig war. Viele kamen, viele hatten Erfolg durch meine Hilfe, aber du warst nie dabei." Karl sah verschämt zu Boden, es war ihm peinlich, wie sehr er doch sein Glück verschmäht und nicht daran geglaubt hatte. Als er kurz aufsah, erblickte er Cousin Oskar mit Alfred und Herrn Meyer, die auf ihn zuliefen. Sie grinsten, denn sie wussten schon Bescheid. Maria hatte bei Oskar Weidenborn geklingelt als sie von Karls Schwester erfuhr, wo er sich befand. „Lieber Karl, liebe Maria, wie ich mich für euch beide freue." Oskar Weidenborn strahlte die beiden an, strahlte Meyer an, Meyer strahlte wiederum Oskar, äh, Weidenborn an und Alfred strahlte Willi an. Meyer stupste Weidenborn in die

Seite: „Oskar, lass es mal gut sein, ja." Weidenborn, verlegen, streichelte schnell zur Ablenkung Alfred. Willi leckte sich entspannt die Pfoten, Geste: ‚alles ganz normal hier' und es gab keinen Zweifel: Sie liebten sich, immer noch. „Karl, was hältst du davon, wenn wir nach Prag führen?" Maria lächelte ihn an. Karl sah ihr in die Augen: „Ja, Maria, wir finden schon einen Platz auf dem Geländer." Er ließ sie nie wieder aus den Augen und sie lebten glücklich bis an ihr seliges Ende. Karl malte sie und das Bild wurde weltberühmt. Das Katzenbild allerdings wurde niemals fertig gemalt, denn es verschwand noch an diesem Abend auf unerklärliche Weise. Ob es die dicke Frau in der bunten Kleidung war?

„Dieser Filou ist nichts für dich.
Ein erfolgloser Maler. Einer,
der es n e zu etwas bringen
wird." [aus: Der Besuch oder
Das Glück des gebrochenen
Herzens.]

„Toskana", H.C. Schmolck, 1962

Der Sprung durch die Küche[1]

Acht Jahre meines Lebens verbrachte ich zusammen mit meinem Kater Peter in der Küche. Die Küche gehörte zur Wohnung meiner Mutter und war von so besonderer Art, inmitten der reizenden Umgebung der Universitätsstadt, in der ich aufwuchs, dass ich sie erwähnen muss. Was sie von allen anderen unterschied, von allen bürgerlichen Küchen, war ihre Farbe. Sie war schwarz. Sonst sind Küchen – und alle, die ich bis jetzt selber gesehen habe – weiß, sogar besonders weiß, weil die Hausfrauen darauf großen Wert legen. Siebenundzwanzig Jahre lang hat ein kleiner Küchenherd, der auf gusseisernen hundshohen Löwenbeinen stand, sie mit seinem Rauch, der ihm stets still und kaum sichtbar entströmte, geschwärzt.

Während der acht Jahre, die ich schon erwähnte, durften nur drei Menschen die Küche betreten, nämlich meine Mutter, ich und der Gasmann. Er als einziger fremder Mensch hatte Gelegenheit, während er die Gasuhr ablas, eine gütige Bemerkung über die grauenvollen Zustände im Allgemeinen und im Besonderen, wobei er sich in der Küche ein wenig umsah, speziell den Wänden zugewandt, zu machen. Einmal sah ich, dass meine Mutter sich sehr ärgerte über die Dummheit solcher unsachlichen Randgespräche eines Menschen, der eine behördliche Dienstverrichtung und sonst nichts in ihrer Wohnung zu erledigen hatte, und ich

---

[1] Die Erzählung wurde komplett im Original aus dem Jahre 1948 wiedergegeben. Grammatikalische Änderungen wurden absichtlich somit nicht vorgenommen.

fragte ihn rundheraus, ob er denn eine schöne weiße Küche habe zu Hause. Er meinte aber nur, dass die Zeiten heute eben schwer seien und es nicht entscheidend sei, wo man koche, sonders was man zu essen habe.

Es war zwei Jahre nach dem ersten Weltkrieg.

Aber was nun nicht selbstverständlich sein könnte, nach der bisherigen Schilderung, die ich von dieser Küche geben musste, ist doch die Tatsache, dass der Boden und die Küchenmöbel, das Geschirr und die anderen Küchengeräte blitzblank waren, mit Vim, Schmirgelpapier, Sidol und außerordentlichem Fleiß täglich ins reine gebracht. Alle diese reinlichen Gegenstände nahmen sich in diesem schwarzen, porphyrähnlichen Raum besonders reizvoll und anheimelnd aus.

Für mich bestand zunächst kein Unterschied zwischen dem Eindruck alter Bilder und ihren blitzenden Gegenständen, auf schwärzlichem Grunde leuchtend, während ich mein Leben und mein Studium in dieser Küche verbrachte. Wenn tagsüber die Sonne in diese Dunkelheit einbrach, dann erschien alles nach Farbe und Stimmung wie im Wald, denn was gehörte nicht alles zu dieser Küche! Tief unten am Hause schossen die gestauten Wasser eines breiten städtischen Baches tosend in einen finsteren Kanal. Das ewige Rauschen und Gurgeln brach Tag und Nacht nicht ab. Nur einmal im Jahr entstand eine traurige Stille – so schien es zunächst -, da „der Bach abgestellt wurde", wie es hieß, das heißt also, entwässert wurde zur Reinigung.

Zu diesem eigenartigen Küchenleben gehörte aber vor allem Peter, der Kater, der, obwohl er als handgroßes Tierchen hier aufgewachsen war und nach anderer Leute Schilderungen über Katzen eigentlich ein vornehm melancholisches Katzendasein erwarten ließ, schlechthin das Leben eines sesshaft gewordenen Seemanns entwickelte.

Peters Lager bestand aus einem Wiener Stuhl, auf dem ein mit rotem Inlett bezogenes Federkissen lag. Der Stuhl stand direkt neben dem Herd. Dort schlief er und wusch sich, träumte ins Feuer, da die ihm zugekehrte Herdwand in Handtellergröße durchgebrannt war. Das Feuer brannte fast immer, da alle Speisen auf dem Herd gekocht wurden, stets warmes Wasser bereit sein sollte, im Herdschiff und überhaupt ein Herd ohne Feuer undenkbar gewesen wäre. Er betrachtete es mit Aufmerksamkeit, wenn gelegentlich Kohleteilchen im Feuer explodierten und kleine Fünkchen durch das Loch auf sein Fell stoben.

Es stimmte ihn leidenschaftlich wie vor dem Spiel. Sein Fell bekam eine lebendigere Struktur, seine Augen wurden dunkel, der große, weiße Bart, Schnurrbart, zeigte die innere Alarmbereitschaft an. Im Grunde aber war alles Theater, es interessierte ihn fast nicht, er vertrieb sich bei solchen Gelegenheiten die Langeweile und fühlte sich selber in der Spannung vor einer Sensation. Er spielte sich selbst.

Ich vergaß zu bemerken, dass die Küche sehr groß war. Auch die Möbel waren groß. Gegenüber von Peters Lager stand ein mächtiger, schwerer Tisch in der Bauart der Billardtische. Es lag immer ein blütenweißes, und man kann sagen, kostbares Tischtuch darüber. In der Mitte standen der Blumenstrauß und darunter eine kleine Madonna, eine Nachbildung der Mutter Gottes von Lourdes. In der Zeit, als Peter noch ein junges Tier war, legte ich manchmal einen Ball, ein Stopfei oder einen Wollknäuel auf den Tisch, auf den ich seine Aufmerksamkeit lenkte, indem ich den Ball ein wenig und ganz kurz bewegte, was genügte, um ihn zu einem eleganten Sprung quer durch die Küche von seinem Lager aus direkt auf den Ball zu veranlassen. Er ließ sich nie lange zu diesem Spiel reizen, machte den Sprung aber nur einmal und kehrte alsbald an seinen Platz zurück.

Ich war oft versucht, so etwas wie Mitleid bei ihm zu entdecken, wenn ich ihn ein zweites Mal zu diesem Sprung bewegen wollte. Später begriff ich genau, dass er den Sprung immer wieder ausgeführt haben würde, hätte er wenigstens den Biss oder den Schlag in etwas Lebendiges versprochen: Ich entschädigte ihn bald durch eine zufällige Erfindung. Das war so: Zunächst reizte ich Peter zum Spielen, indem ich ihn mit zartem Griff so lange im Gehen oder im Stehen zum Liegen zwang, bis er böse wurde und sich mit allen Vieren an meinen Arm klammerte, so dass man ihn wie einen Korb am Arme durch das Zimmer tragen konnte. In diesem Zustande schleuderte ich ihn dann durch das Zimmer auf den Divan in die Kissen. Dort verharrte er wenige Sekunden, um die ausreichende Sprungstellung zu finden, in der er mich anfiel wie eine Beute. Das ging so mehrere Male hin und her, bis ich fühlte, dass er müde wurde.

Als er älter geworden und dieses Spiel längst vergessen war, konnte er manchmal noch eine Weile auf die weiße Tischdecke starren. Es schien, dass er sich dann vorstellte, der Ball oder irgendein Gegenstand läge auf dieser weiten weißen Fläche, der ihn interessierte, und plötzlich diesen Sprung quer durch die Küche in diese Fläche hinein machte, dort kurz in höchster Spannung verhielt und dann die Decke zerwühlte, wegsprang, auf seinem Platz saß und glücklich schnurrte.

Als ich ihn später in einer Salamander-Schuhschachtel verpackt begrub, hatte ich viel gelernt von ihm, vor allem dieses, was ich weder in der Schule noch auf der Universität so richtig erfahren konnte, dass nämlich alle Lebewesen, insbesondere aber die Katzen, mit außergewöhnlicher Intelligenz es verstehen, nur sie selbst zu sein.

Kurz darauf verließ ich meine schwarze Küche für immer.

Während einer kurzen Zeit meiner Küchenepoche hatte ich eine Freundin. Sie war jung und sehr reich. Auch heute nach Jahren, kann ich noch sagen, dass sie auch sehr schön war. Als ich sie mit Erlaubnis der Eltern in ihrer Villa öfter besuchen durfte, stellte ich fest, dass auch sie in schwarzen Zimmern wohnte. Seltsam. Gewiss, die Tapeten waren aus Goldbrokat mit schwarzen Dessins; meine Küche war rußschwarz, gewiss, das ist ein gewaltiger Unterschied. Dunkle Ledermöbel und dunkeleichene Kommoden und Schränke standen da, dunkle Teppiche, dunkle Vorhänge… Ruth selbst trug, wenn ich kam, ein indigofarbenes langes Nachmittagskleid und um den zarten und dünnen Hals einen schwarzen Chiffonschal. So nahm sie meine Blumen entgegen. Sie lächelte fast nie.

Dann reiste auch sie ab, schickte mir noch Enzian von einem Spaziergang in der Umgebung von Stresa. Dann heiratete sie, ins Helle, und wurde traurig. Ich gehe seither im Hellen herum und habe nie wieder so viel friedliches Licht und Beisammensein der Dinge gesehen wie in meiner schwarzen Küche und Peters Sprung quer durch die Küche fehlt mir sehr. Mein Geist versucht ihn oft. In die weiße Fläche der Vorstellung, aber wenn er gelänge, wäre ich ja ein wirklicher Künstler. Das wird wohl eine Illusion bleiben.

„Wenn tagsüber die Sonne in diese Dunkelheit einbrach, dann erschien alles nach Farb
und Stimmung wie im Wald, denn was gehörte nicht alles zu dieser Küche!" [aus: Der
Sprung durch die Küche.]

Selbstbildnis, H.C. Schmolck, 1965

Speculo oder Die Unschuld

Sie saugt an ihrer Zigarette, mit rauer Stimme flüstert sie: „Ich weiß nicht wie es kam, aber ich war neugierig. Wollte wissen, was in diesem Buch zu sehen war. Es kribbelte beinahe und deshalb sah ich hinein, obwohl es strengstens von meiner Mutter untersagt war dies zu tun, tat ich es, konnte mich dem nicht entziehen. Mit neun Jahren hatte ich keine Ahnung, was mich trieb. Ich war ein sehr neugieriges, diskutierfreudiges Kind, wenn auch ein wenig schüchtern. Folgendes geschah:

Ich war allein zu Haus in unserer großen Wohnung. Meine Mutter arbeitete und mein Vater war als Künstler irgendwo in der Weltgeschichte unterwegs. Aber das Alleinsein machte mir nichts aus, mir war nur etwas langweilig. So schlenderte ich singend, ich sang oft, wenn ich allein war, durch unsere große Wohnung, ging von meinem Zimmer aus, das ganz hinten in der Wohnung lag, nach vorne ins Wohnzimmer. Der Wohnzimmerschrank, gleich links, wenn man zur Türe hineinging, war ziemlich niedrig, nussbaumfurniert und enthielt eine Bücherreihe, wie man sie damals in den Sechzigerjahren hatte, doch unterschied sich diese Reihe von Büchern von denen vieler anderer Wohnzimmer, wie ich vermute, da sie keine Lexika oder Klassiker enthielt, sondern ein buntgewürfelter Haufen von Büchern sämtlicher Kategorien war. Dort ein Medizinbuch, da ein Roman in Taschenbuchformat und viele andere.

Ein großes Buch, gebunden und ganz dick mit Bildern auf dem Umschlag, schwarz-weiß, machte mich neugierig. So zog ich es aus der Reihe. Ich weiß noch, es stand fast ganz links, nur wenige, vielleicht zwei oder drei Bücher von der linken Außenwand des Schrankes entfernt. Mit einem gewissen Kribbeln im Bauch, so wie ein vorpubertäres Kind das tut, fühlte und wusste, etwas Verbotenes zu tun, tat es heimlich mit einer gewissen Ahnung von Lüsternheit auf ein etwa bevorstehendes Abenteuer, nahm ich heraus. Ich blätterte langsam, Seite für Seite, um die aufgrund des Verbots meiner Mutter vermutete Gefahr zu dosieren. Dann aber immer schneller. Es war ein großformatiges Buch mit vielen Bildern und textlichen Beschreibungen. Die Bilder waren alle schwarz-weiß. Nichts Buntes. Tatsächlich waren es Fotos, aber sie schienen mir wie lebendige Bilder zu sein, gerade so, als stünde ich dabei und sähe mir alles an.

Da lagen Gestalten, nur noch Haut und Knochen, die Gelenke dicker als jedes andere Körperteil, mit offenen Mündern und Augen in tiefen Augenhöhlen, die nie wieder sahen, nie wieder sprachen, übereinander, auf Bergen von toten Körpern, über und über, der eine Mensch auf dem anderen. Ihre Körper warfen kleine Schatten auf die anderen Körper unter ihnen, keine Bewegung mehr, nackt und blank wie ein Mensch nur sein kann. Die Gesichter zeigten Verzerrungen, gleich welcher Art, ausdruckslos und ergeben in ihr Schicksal. So lagen sie da, als wäre es das Normalste auf der Welt so dazuliegen, einer über dem anderen.

Da war ein Zaun aus Stacheldraht. Hinter dem standen ausgemergelte Gestalten in gestreifter Kleidung, auf den Jacken trugen sie einen Stern. Dass er gelb war, konnte man nicht sehen. Sie standen dort mit großen leeren Augen. Männer und Frauen waren kaum zu unterscheiden. Ein Bild zeigte, wie einer versucht hatte, über den Zaun zu klettern. Er hing dort, bewegungslos.

Es lag Schnee und die Menschen, ja, da waren auch Kinder zu sehen, und die Menschen waren barfuß. Mir schauderte, so kalt, wie es gewesen sein muss.

Da, ein Kinderwagen, eine Puppe zusammen mit Zähnen und vielen anderen Dingen auf einem anderen Bild. Wem diese gehörten? Ich ahnte es.

Und wieder ein Menschenhaufen. Ich hielt an und schaute genauer hin: Dort lagen Kinderkörper. Babys auch. Die Babys sahen nicht so ausgemergelt aus, wie die anderen, doch sie waren zusammen da, auf diesem Hügel und bewegten sich nicht, schrien nicht mehr, tranken keine Muttermilch. Keiner, der es umarmte, keiner, der es beweinte. Auch war die Mutter nicht zu sehen. Sie musste woanders sein.

Ich war im höchsten Maße beunruhigt. Meine Kehle verengte sich, eine Art von Beklemmung befiel mich, ein Gefühl von Schuld. Ich weiß nicht, woher es kam: Ich schämte mich! War es die Lüsternheit, also das Wissen, Verbotenes getan zu haben? Die Neugierde auf eine Art Katastrophe, so wie es tagtäglich in den Zeitungen, im Fernsehen oder anderswo zu sehen ist?

Im Augenblick, als ich das Buch öffnete, war da eine Ahnung, eine bestimmte Gewissheit, vorhanden. Ich wusste erstaunlich viel über dieses Grauen, erstaunlich viel aus meiner Erinnerung heraus, und doch wusste ich gar nichts. Eine Ahnung hatte ich wohl, genug Vorstellungsvermögen und Phantasie dazu. Als ich das Buch schloss, war es ein Teil von mir. Die Bilder, das Böse, das damit verbunden war. Die Erniedrigung, die Demütigung waren spürbar geworden und alles, was ich gesehen hatte, war mir nicht neu und, scheinbar absurderweise, vertraut. Die Verachtung, das unausgesprochene Leid gehörten zu mir. Ich kannte es, ich fühlte es.

Einer meiner Brüder hatte einmal etwas von Lampenschirmen aus Menschenhaut erzählt. Sensationelle Vorstellung, ein Lampenschirm bezogen mit Menschenhaut. Ich suchte danach in diesem Buch. Erfolglos. Hätte ich einen gesehen, ich hätte ihn sicherlich übersehen, denn so ein Lampenschirm sieht eben aus wie ein solcher und es ist nicht erkennbar, aus was er gemacht ist. Nicht auf Fotos.

Diese Wahrheit, was die Lampenschirme betraf, suchte ich noch Jahre später herauszufinden, denn ich war gespannt, wollte es dennoch nicht glauben. Jahre später fand ich es heraus: Es gab sie, diese Wahrheit.

Unter dem Eindruck des quasi Erlebten sprach ich die Mutter an, was dieses da bedeutete – insgeheim wusste ich es schon und ich wusste auch, sie konnte mir nichts Neues sagen. Ich wollte dennoch wissen, wie sie dachte, ob sie mir helfen konnte, mein Gefühlswirrwarr in die richtigen Bahnen zu lenken und ob sie auf meiner Seite stand. Aber die Abfuhr, die ich bekam, hatte ich erwartet. Sie wehrte ab, wollte nicht mit mir sprechen, weder über das Buch noch über meine Gedanken und schon gar nicht über meine Gefühle. Sie schimpfte mit mir. Nun traute ich erst recht meinen Augen nicht, konnte nicht glauben, was ich tatsächlich gesehen hatte, wollte wieder hinschauen, prüfen, ob das, was ich gesehen hatte auch wirklich wahr war. Deshalb suchte ich erneut in der Bücherreihe unseres Wohnzimmerschranks aus Nussbaumfurnier nach meinem Bildband. So sehr ich suchte: Das Buch blieb verschwunden.

Der Bildband hatte meinem Vater gehört, er hatte ihn in diesen Schrank gestellt zusammen mit anderen Büchern aller Sorten, darunter Grimms Märchen, die ich so sehr liebte. Mein Vater war ein Mann der Wahrheit, dem man oft nicht glaubte. Hier war die Wahrheit, das wusste ich.

Doch nicht einmal meinen Vater wagte ich darauf anzusprechen, obwohl ich mit ihm über alles redete. Wir diskutierten stets über Gott und die Welt, wann immer es möglich war. Doch auch vor ihm schämte ich mich. War da noch mehr als Neugier und Betroffenheit? Ich war immerhin neun gewesen und es beschäftigte mich im höchsten Maße. Ich wurde schnell erwachsen, zu schnell.

Die Erinnerung an diese Bilder, meine Empfindungen dazu, an diesen Moment, der vielleicht fünf oder zehn Minuten, vielleicht auch einige Minuten länger, dauerte, das Alleingelassensein damit, das Grauen lässt mich weinen bis zum heutigen Tag".

Sie saugte wieder an ihrer Zigarette, ihre Augen wurden feucht noch nach all den Jahrzehnten, und sie sah und sprach in ihren Spiegel: „Hallo, mein Name ist Anna."

Anna fliegt!

„Kuck' mal ein Flugzeug!" Annas' Tante richtete ihren Blick nach oben und zeigte mit dem Finger, fast bohrend, in den strahlend blauen Himmel. Der war garniert mit blütenweißen kleinen Wölkchen. Schäfchenwölkchen. Dort, wo die Maschine flog, verzierten weiße Streifen hinter ihr das Blau. Persilweiße Streifen in Himmelblau. Anna versuchte der Situation auszuweichen, ohne ihre Tante enttäuschen zu wollen, die immer noch begeistert nach oben schaute und deren Nacken sich geradezu verrenken wollte. So schaute sie kurz nach oben, blinzelte der Sonne entgegen und antwortete diplomatisch, jedoch lapidar: „Oh ja, schön!" Sie war ein modernes Mädchen, wenn auch anders als ihre Tante. Flugzeuge zu sehen war für sie kein Grund in Euphorie zu verfallen. Ein Flugzeug war eben ein Flugzeug, das war's. Mit lautem Getöse flog es dort oben, weit weg von der Erde und die ansonsten am Boden so imposante Maschine schrumpfte am Himmel zur Spielzeuggröße und wurde unerreichbar. Noch dazu müssten die Leute darin so reich sein, dass auch dies kaum fassbar wäre. ,Also, was soll ich damit'? dachte sie. Anna fand zwar nicht, dass sie selbst arm wäre, doch reich war sie gewiss nicht. Doch eines Tages wäre auch sie reich genug, so dass sie jeden Tag über den Kopf der Tante hinweg fliegen könne oder zumindest einmal im Monat oder von ihr aus einmal im Jahr. Das wäre dann allerdings ein Grund für sie mit Begeisterung herunterzugucken.

Anna wusste mit ihren sieben Jahren bereits, dass sie jemand war oder zumindest jemand werden würde und wollte sich nicht von irgendwelchen Dingen beeindrucken lassen, egal, ob es Flugzeuge waren, Petticoats oder gar der neue Musikschrank, von welchem ihre Familie beim letzten Sonntagsessen voller Stolz der Verwandtschaft erzählt hatte. „Er ist von Grundig, hat ganz schön was gekostet", prahlte ihr Onkel vor all den Cousins und Cousinen. Es war schon außergewöhnlich, was man sich wieder leisten konnte, jetzt, nach dem Krieg. Jedoch: All das waren technische Erfindungen der jüngsten Zeit und auch der Petticoat, die neueste Modeerscheinung, den ihre Freundinnen, wie so viele Mädchen, trugen, war für Anna eher ein rotes Tuch. „Darin sieht man aus wie ein Mädchen", teilte sie ihrer Mutter zornig mit, die sie überreden wollte, sich mal wie ein solches zu kleiden. Anna hatte sehr kurzes Haar, fast wie ein Junge, trug am liebsten Hosen und liebte alles was rollte, angefangen bei ihren Rollschuhen, den kleinen Spielzeugautos ihres Bruders, welche sie heimlich begehrte, ja sogar, obwohl für Mädchen, ihren Puppenwagen, er hatte cremeweiße Kappen an den Gummirädern, bis hin zum Auto ihrer Tante. Das hatte weiße Ränder und verchromte Kappen sowie ein Trittbrett. Wenn Anna einstieg stellte sie sich zuerst auf das Trittbrett, dann setzte sie sich hinein. Sie durfte öfter mitfahren. Die Tante stellte das Radio an und rauchte. So fuhren sie dann von A nach B und hätten dies von Anna wegen stundenlang tun können.

Nein, sie fand es albern, wie die Tante die falschen Vögel bewunderte und dies ebenso von ihr erwartete. Die Tante ließ sich hinreißen von all den neuen Errungenschaften dieser Zeit! Sie liebte das Reisen in die in den Fünfzigern angesagten Nachbarländer Deutschlands wie Österreich, der Schweiz und vor allem Italien. Dafür schuftete sie was das Zeug hielt von montags bis samstags. Man arbeitete damals noch samstags. Die Tante war immer adrett und sauber gekleidet, trug zu Hause eine strahlend weiße Schürze, in welcher sie kochte und ihre kleine Wohnung putzte und wienerte, bohnerte und Staub wischte. Oft sagte sie zu Anna: „Mach keinen Fleck auf dein Kleid, was sollen denn die Leute denken…" und „…pass' auf, dass du dich benimmst" oder auch, wenn die Tante ihr etwas Hübsches zum Anziehen spendieren wollte, Anna jedoch nichts gefiel, was die Tante mochte, insistierte diese fragend: „Warum willst du denn nicht das hübsche Kleidchen anziehen? Mädchen müssen Kleider tragen! Schau mal das rosa Kleid mit dem weißen Spitzenkrägelchen, das wäre doch sehr hübsch, nicht wahr?" Anna verzog das Gesicht, sagte nichts. Sie trug es und sie hasste es.

Sie war ein ausgesprochen agiles Kind, recht dünn mit kurzen Haaren, mochte keine Kleider, keine Röcke und wenn, dann bloß keine Strumpfhosen dazu, auch keine Söckchen, nur Kniestrümpfe. Letztere waren aber nur erlaubt, wenn das Thermometer um die fünfundzwanzig Grad Celsius anzeigte. Und wenn der Frühling kam und es nur langsam wärmer wurde, was für eine Bettelei war das, bis die Mutter endlich Ja sagte. Und was musste sie sich alles anhören, wenn die Familie zusammenkam, besonders von ihrer Mutter: „Lass' das Anna, das tut man nicht!" „Zappelphilipp!" „Deine Haare sind viel zu kurz, du siehst aus wie ein Junge." Die Mädchen trugen Schleifchen und Klammern im Haar, bunte Kugeln an einem Gummi für ihre Rattenschwänze,

160

Petticoat! Anna verabscheute es nun mal partout, wie ein Mädchen auszusehen. Aber sie war eines und es stellte sich die Frage: Wie hat ein Mädchen zu sein? Wie hat Anna überhaupt zu sein? Welche Konsequenz sollte Anna aus deren Kritik ziehen? Sie bastelten an ihr herum als habe die Natur alles falsch gemacht an ihr. Doch warum nur? Anna war ansonsten ein braves Kind. Sie aß, meistens jedenfalls, ihren Teller leer, stand bei Tisch erst auf, wenn alle fertig waren. Sie ging sonntags sogar in die Kirche, wobei auch hier wieder die Frage auftauchte: Kleid oder nicht Kleid. Die Antwort: natürlich Kleid. Am Ende hatte ihre Mutter das ständige Genörgel satt und nähte zwei Hosen für sie: die eine pastellgrün, die andere hellblau. Es waren Steghosen, die waren gerade modern. Wie würde Anna reagieren? Sie lehnte die Hosen kategorisch ab.

Oft war Anna an den Wochenenden bei ihrer Tante zu Besuch. Diese kochte jeden Samstag Eintopf, meist mit Bohnen, viel Suppengrün und Gemüse quer durch den Garten. Als die Familie noch arm war, so erzählte die Tante, gab es fast ausschließlich Kartoffelgerichte wie Puffer, Bratkartoffeln, selbstgemacht, Kartoffelsalat und viele andere ausgefallene Varianten aus der erdigen Knolle. „Was haben wir nicht alles aus Kartoffeln gezaubert. Im Krieg, als es nix zu essen gab, haben wir unsere selbst angebauten Kartoffeln zu allem Möglichen verarbeitet damit wir satt wurden. Eine schwere Zeit war das damals. Aber wir waren schlau. Was haben wir uns nicht alles einfallen lassen, um eine warme Mahlzeit", erinnerte sich die Tante an die Jahre im Krieg.

Anna wuchs in der Zeit des Wirtschaftswunders auf. Die Erwachsenen legten sehr großen Wert auf Neu-Anschaffungen, dem Erwerb von Gegenständen, die sie vorher nicht hatten, die sie, jedenfalls bis heute, gar nicht brauchten. Sie wussten nicht, dass sie sie brauchten, denn es gab sie ja bisher nicht. Üppiges Kochen, Familientreffen arteten zu einer Art Gelage aus, man aß und saß stundenlang bei Schweinebraten oder Gulasch mit Klößen oder Kartoffeln, danach bei Kaffee und Kuchen mit Sahne. Währenddessen wurden Weisheiten über die neuzeitliche Politik ausgetauscht, die Kinder wurden nach traditionellen Erziehungsmethoden ermahnt, nötigenfalls mit den üblichen Strafandrohungen: „Ich versohl' dir gleich den Hintern", „Gleich setzt es was", „Setz dich hin und iss'!" „Bei Tisch spricht man nicht." Oft kam es vor, dass Anna sich in die angeregten Gespräche einmischte und lossprudelte, dann wurde sie barsch gebremst: „Halt den Mund, wenn Erwachsene reden". So blieb sie still.

Man war überzeugt, dass man wieder wer war, dass man wieder wer würde, wenn man nur viel dafür arbeitete. So geschah es eines Tages, dass die alten Schellackplatten[2] und das gute alte Grammophon[3] dem bereits erwähnten funkelnagelneuen Musikschrank weichen sollten. Nicht nur das Grammophon, sondern mit ihm waren die Schellackplatten veraltet und sollten sämtlich entsorgt werden. Anna war entsetzt und

---

[2] „Schellack wurde ab 1895 als Grundstoff für Schallplatten eingesetzt. Eine Schellackplatte besteht nicht wirklich aus Schellack, sondern aus einer Mischung von Gesteinsmehl, Kohlenstaub und Tierhaaren. Der Schellack wurde hierbei als Bindemittel eingesetzt." (2)
[3] „Die Blütezeit erlebte das Grammophon gegen Ende der 1920er Jahre, danach wurden Schallplatten zunehmend elektrisch abgenommen..." (2)

traurig darüber, doch da sie es nicht verhindern konnte, bat, ja bettelte, sie das alte Grammophon noch einmal hören zu dürfen. So durfte sie sich ein paar Platten aussuchen und nur für diesen einen Tag hören. Der Rest sollte sofort weggeräumt werden. Anna nutzte die Zeit, durfte in der guten Stube sogar allein bleiben. Inmitten des vom Aufbruch bestimmten Raumes und der fast leeren Musiktruhe, in welcher die alten Platten stehend aufbewahrt wurden und auf welcher noch der Schwarzweißfernseher stand, hatte sie sich zwei der alten Tonträger ausgesucht und legte einen davon auf. Sie las: ,Marylin Monroe: River of no Return'. Dann kurbelte sie langsam an der kleinen Kurbel[4] rechtsseitig des Grammophons, hob den Tonarm, wobei der Mechanismus des Hochklappens dessen sofort die Drehung[5] der Platte auslöste und legte nun vorsichtig, fast andächtig, zur Wiedergabe die Nadel[6], welche am vorderen Teil des Tonarms des Grammophons befestigt war, auf die schwarze Platte. Kaum geschehen, ertönte[7] Marylins' unverwechselbare Stimme, kam oben aus dem Trichter heraus. Anna war entzückt. Sie tat etwas und dieses Wunder der Technik gab Antwort. Sie hub den Tonarm abermals an, die Musik war aus, legte ihn wieder auf, Marylin sang für sie, nur für sie. Anna fühlte sich wie in

---

[4] „…, die Kurbel wurde an die Seite verlegt und die Schalldose an einen leichteren Tonarm (eigentlich nur ein Blechrohr) befestigt, dieser war über ein Kugellager mit dem Trichter verbunden." (2)

[5] „In der Regel wurde in dem Tonarm ein Bügel eingebaut, der ein leichtes Hochklappen des Tonarms ermöglichte." (2)

[6] „Die Nadel war aus Stahl, und durch das relativ hohe Gewicht der Schalldose (ca. 100 Gramm) war die Nadel nach dem Abspielen einer Seite bereits verschlissen und musste ausgewechselt werden. Nadeln wurden deshalb auch in Dosen zu 100 oder 200 Stück verkauft." (2)

[7] „Auch konnte beim Grammophon die Lautstärke lediglich über die Dicke der Nadel eingestellt werden, hierbei kam die unterschiedliche Hebelwirkung zur Membrane zum Einsatz." (2)

einem schönen Traum, wollte niemals mehr daraus erwachen. Staunend und neugierig beobachtete sie die Nadel wie sie auf der Platte lag, wie sie mit der Rille hin zur Mitte derer rutschte. Sie fragte sich gespannt wie das funktioniere. Wie kam die Musik von der Nadel nach oben in den Trichter? Dann rief es plötzlich aus dem Trichter[8]: „Olé, Mulher Rendeira". Sie hatte die zweite Platte aufgelegt und fing unwillkürlich zu tanzen an. Zunächst suchte sie den Rhythmus der Musik, tanzte drauflos, tanzte durch den Raum, bewegte sich immer wilder werdend durch ihr Wohnzimmer, bald wie in Trance. Sie wollte gar nicht mehr wissen, wie es funktionierte, das Grammophon. Es war ihr Geheimnis, Anna liebte Geheimnisse. Es war ein Wunder, dass es funktionierte! Anna begann zu schweben. Ihre Füße verloren an Boden. Sie vergaß die Zeit, sie vergaß den Raum, alles um sie herum existierte nicht mehr, war nicht mehr relevant, nur sie und die Musik. Ihre Füße waren schon einige Zentimeter vom Boden weg und Anna tanzte weiter auf die lateinamerikanischen Klänge des brasilianischen Liedchens[9], das solch eine grausame Vergangenheit hatte. Sie hatte es niemals zuvor gehört[10]: „Olé mulher rendeira, olé, mulhar rendá, tu me ensina a

---

[8] „Zur damaligen Zeit wurden die heute so beliebten Außentrichter als hässlich empfunden; schon sehr früh begann man daher, den Trichter in das Innere eines Schrank- oder Tischgerätes zu legen. Durch Holztüren vor dem Trichter konnte man so einen gewissen Einfluss auf die Lautstärke nehmen." (2)

[9] Lampiao und seine Banditen .... Stürmten die Stadt. Weigerte sich die Bevölkerung, ihren Wünschen nachzukommen, wurde es grausam. ...Es war diese unerbittliche Hörte seiner Umwelt, die Lampiao prägte und ihn mit 22 Jahren zum Verbrecher werden ließ. ‚Vom heutigen Tage an werde ich töten bis ich sterbend.‘ schwor er, nachdem sein Vater im Verlauf einer Familienfehde von der Polizei erschossen worden war. ...Lampiao galt als der schlaueste Bandit." (1)

[10] „Wer diese Verse in den 290er und 30er Jahren im Sertao, vom Bundesstaat Bahia bis hoch nach Ceara, hörte, der wusste, dass sie die Vorboten eines fürchterlichen Blutvergießens sein konnten." (1)

fazer renda, que eu te ensino a namorar"[11] trällerte sie, scherte sich nicht, ob sie falsch oder richtig sang. Sie kannte diese Sprache nicht, doch sie liebte[12] das Lied mit dem ersten Ton, den sie hörte, breitete ihre Arme aus, schaute nach oben, schloss die Augen: „Anna fliegt!"

---

[11] „Hei, Spitzenklöpplerin, hei, ergib dich, Frau, du bringst mir bei, wie man Spitzen macht, und ich dir, wie man liebt." „Ab 1928 zersplitterte der Trupp ..... Es war zu dieser Zeit, dass Lampiaos Stern zu sinken begann, als sein perverses Herz sich der Liebe einer Frau auslieferte." (1)
[12] „Denn die Liebe verwirrt sogar die Köpfe der scheinbar so starken ‚He den' und macht die verwundbar." Tom Milz (1)

Quellen:

(1) "Mulher Mulhar Rendeira": Übersetzung des Liedes und Interpretation von Tom Milz mit Unterstützung von Lena aus Fortaleza: ‚Der König der Banditen' aus www.caiman.de/koendt.html

(2) Grammophon-Museum Groß Lobke, privates Museum, recherchiert 2011: www.grammophonmuseum.npage.de/geschichte_der_grammophone_52498197.html

(3) Anne und Bill Noir: Why men don't iron? The new reality of gender differences. HarperCollinsPublishers, London 1998

Anhang:

Anne, 17 Jahre

Vorwort

Anne ist behindert. Sie führt ein Leben mit vielen Barrieren. Diese Barrieren entstehen meist durch Unverständnis und auch Ablehnung in ihrer näheren Umgebung. Ihr soziales Netzwerk ist noch nicht richtig entwickelt, noch hat sie große Ängste, wie und ob sie es meistern könnte, ihr Ziel zu erreichen, versucht immer wieder alleine klar zu kommen, doch sie stößt an ihre Grenzen, meist dann, wenn von außen wieder einmal an ihr kritisiert wurde, „du kannst schon, wenn du willst, aber überfordere dich nicht, musst deine Tabletten nehmen". Fürsorge ist sicher etwas Gutes. Annes größtes Problem aber ist, dass man nicht an sie glaubt. Sie wünscht sich so sehr, dass ihre Mutter sie ernst nimmt, ihr helfen würde, die ersten Schritte in ein selbstbestimmtes Leben zu unternehmen. Anne weiß ja genau, was sie will.

Fremde Spur

„Nein, nein!" rief sie, „bitte nicht, Papa!" Anne warf sich in ihrem Bett hin und her, schrie immer wieder „Nein!" bis sich ihre Arme, mit welchen sie die Hände ihre Mutter fest umklammerte, lösten und sie selbst ins Dunkel, ins Bodenlose fiel und laut aufschrie. Mit einem Ruck löste sie sich aus ihrem Alptraum, riss die Augen auf. Ihre Stirn war voll Schweißperlen, ihr langes blondes Haar feucht als Anne aufwachte und zuerst ihr Bücherregal, dann daneben auf der Kommode ihre Puppe Ulla sah. Sie beruhigte sich. „Gott-sei-Dank, ich bin hier" sprach sie zu sich selbst.

Anne und ihre Mutter

Sie wollte nicht weiterschlafen, zu sehr fürchtete sie, der Alptraum könne wiederbeginnen. So ging sie zur Küche und nahm ein Glas Orangensaft aus dem Kühlschrank. Kaum saß sie da, stand ihre Mutter auch schon in der Türe: „Was ist los mit dir, Anne? Wieder der Alptraum?" Anne nickte, wollte aber nichts sagen. Zu sehr war sie geschüttelt vom gerade Erlebten, Wieder-Erlebten und Immer-wieder-Erlebten. „Die Tabletten helfen dir wohl nicht. Wir sollten zu Dr. Schütte gehen und ein besseres Medikament für dich besorgen. Sei bitte vernünftig, Anne" insistierte die Mutter, „du kannst es nicht ohne Tabletten schaffen." Anne, siebzehn Jahre, litt seit fünf Jahren an starken Depressionen, die zur Folge hatten, dass sie nicht schlief, sich kaum konzentrieren konnte und in der Schule schlechte Leistungen brachte. Zudem hatte Anne so gut wie jeden Tag Panikattacken, die plötzlich über sie herfielen wie kleine, böse Monster und ihr von einem Moment zum anderen einen Einkauf im Supermarkt, der Drogerie, der Buchhandlung oder ein Treffen mit Freundinnen oder gar mit ihrem Freund Sebastian verdarben. Gestern passierte es Anne in ihrer Lieblingsbuchhandlung. Sie stand vor einem übervollen Bücherregal, um sich einen Roman auszusuchen. Sie schaute hier und da hinein, schmökerte ein bisschen in dem einen oder anderen Buch, da plötzlich überfiel sie die Angst. Wie aus heiterem Himmel stieg sie auf, beginnend von den Füßen, in den Kopf bis zum Herzen hin, das bis zum Hals hoch schlug und sie diesen Ort sofort verlassen musste, um schnellstens nach Hause zu kommen, wo sie atemlos und tränenüberströmt, vor Wut über ihre Angst und der Enttäuschung, dass sie es mal wieder nicht schaffte, mit Zeit und Muße und Vergnügen ein Buch für sich zu kaufen oder auch sonst etwas Tolles zu machen, ankam. Diese Attacken konnten überall und in jeder Situation aufkommen, wobei es meistens Situationen sind, in welchen Anne sich und ihre Angst vergisst und sogar Spaß hat. „Im Alter von siebzehn Jahren braucht sie ihre Freiheiten, lassen Sie sie trotzdem allein gehen" hatte der Doktor ihrer Mutter zugesprochen, die besorgt nachfragte, ob man Anne besser begleitete, wenn sie etwas unternehmen wollte.

Ihre Mutter war übermäßig besorgt. Nun saßen sie da. Anne wollte jedoch nicht mit ihr reden. Stattdessen sah sie sie wütend an und meinte: Du traust mir nichts zu. Ich nehme schon genug Tabletten, eine morgens, zwei mittags und abends, das macht fünf. Sollte ich etwa noch mehr davon nehmen? Allein vom Pillenschlucken geht meine Angst bestimmt nicht weg!" Die Antwort ihrer Mutter: „Aber Kind, wenn dir etwas passierte...", was dann sein könnte ließ sie offen, „denke daran, dass du auch genug Schlaf benötigst. Das Medikament könnte dir helfen..." Anne ließ sie nicht aussprechen: „Vertrau' mir, das ist alles, was ich will von dir, Mutter." Dann ging sie wieder zu Bett.

Am nächsten Morgen verließ Anne gleich nach dem Frühstück das Haus. „Hast du deine Zähne geputzt, Anne?" Ohne eine Antwort abzuwarten fuhr Annes Mutter fort: „...und deine Tabletten, vergiss' sie bitte nicht. Ah, und heute Nachmittag musst du mal dein Zimmer aufräumen. Sebastian darfst du sonst gleich wieder ausladen." „Ja, Mutter" murmelte Anne brav und dachte bei sich: ‚Bloß weg hier bevor ihr noch weitere Fragen einfallen.'

Sebastian:

Sebastian war ihr Freund. Er kam jeden Tag zu Anne nach Hause, manchmal trafen sie sich auch bei ihm. Sie war sehr gerne zu Hause bei seiner Familie, alle waren supernett zu ihr, fand Anne, doch sie durfte nicht so oft von zu Hause weg. Sie hatte sich schon oft bei ihm beklagt, dass ihre Mutter jeden Schritt von ihr kontrollierte, sogar, ob sie sich denn die Zähne putze. Dabei pflegte sich Anne außerordentlich gründlich. Sie verbrachte morgens beinahe eine Stunde im Bad, suchte den passenden Lidschatten zur Kleidung, passte etwas Rouge an, trug Mascara auf und putzte – natürlich – ihre Zähne äußerst gründlich. Ihr Zimmer war stets aufgeräumt. Anne verbrachte viel Zeit damit, es aufzuräumen, vor allem liebte sie es, mit kreativen Malereien und Verzierungen Wände und Möbel zu gestalten. Die weißen gestrichenen Tapeten seit der letzten Renovierung waren mit Annes' Malkünsten übersät und kaum mehr sichtbar. Das war ihr Hobby. Deshalb verbrachte sie ihre Zeit des Öfteren in Baumärkten, um Pinsel und Farben, auch Leinwände für ihre Malkunst zu besorgen. Doch die Mutter interessierte sich nicht für ihre Hobbies, ‚deshalb weiß sie auch nichts über mich, rein gar nichts', dachte Anne bei sich. Sebastian fand Annes' Bilder toll, er liebte ihre Bilder. Anne hatte ihn letztes Jahr heimlich gemalt und ihm das Porträt zum Geburtstag geschenkt. Jetzt hing es in seinem Zimmer direkt über dem Bett gegenüber der Zimmertüre, so dass man es gleich sah, wenn man hineinkam. „In unserer eigenen Wohnung hängen wir die Wände voll mit deinen Bildern, dann brauchen wir nicht zu renovieren" versprach er ihr, lachte sie an und küsste sie.

Die Schule:

Die zweite Pause verbrachte sie mit ihren Freundinnen Ramona und Silke auf dem Pausenhof. Ramonas' schlanke dunkle Gestalt, sie war dunkelhäutig, ihr Haar war kurz, schwarz und lockig, überragte die beiden anderen beinahe um eine Kopflänge. Silke hingegen war eher zierlich und dunkelblond mit langem glattem Haar. Sie waren gute Freundinnen, mit ihnen konnte Anne über alles reden, ‚außerdem sind die beiden einfach gut drauf' dachte Anne. „Meine Mutter gluckt genauso wie deine, Anne. Sobald ich zur Haustüre hereinkomme, überfällt sie mich mit tausend Fragen: Wie geht es dir? Was ist in der Schule gewesen? Hast du Hausaufgaben?

Hast du Hunger, Kind, das Essen ist bald fertig. Und so weiter." Ramona verdrehte die Augen als sie den Satz beendete. „Ja, wie meine Mutter. Die desinfiziert täglich die Toilette. Sie passt auf, dass ich meine Zahnspange jeden Abend einsetze und wehe, wenn ich mal fünf Minuten später nach Hause komme als ausgemacht. Das gibt ein Gezeter" regte sich Silke wiederum über ihre Mutter auf und fuhr fort: „Manchmal holt sie mich sogar von der Schule ab, man glaubt es nicht. Superpeinlich!" Ramona blickte nach rechts und bemerkte, wie zwei Mädels auf ihre kleine Gruppe zuliefen. „Die sehen nicht gerade freundlich aus." Ramona warnte ihre Freundinnen. Langsam, die eine mit Zigarette gestikulierend und hoch erhobenem Kopf, beide waren stark geschminkt: viel Lidschatten, angeklebte Wimpern, grün gefärbte Haare die eine, die mit der Zigarette hatte lange schwarzlackierte Fingernägel, kamen sie auf die drei zu. Die kleinere von beiden hatte bunt lackierte Nägel mit Steinchen drauf, die glitzerten und funkelten, genau wie ihr Blick, der jetzt auf Anne fiel. „Na, Annelein. Warst du auch brav, hast du auch dein Zimmerchen aufgeräumt? Deine Mama beklagt sich über dich." Sie stand vor Anne und blickte ihr ins Gesicht. „Was willst du, Doris. Dich hat keiner gerufen." Anne war richtig sauer auf die Art, wie Doris sich ihr gegenüber verhielt. Seit zwei Jahren ging das schon so. Sie stänkerten, wann immer es ihnen in den Sinn kam. Anne hatte sich geschworen, dass sie sich das nicht mehr gefallen ließ. Doris kniff die Augen zusammen und versuchte eine bedrohliche Miene herzustellen: „Ich glaube, wir waren nicht brav. Schaut mal ihren Mund an, der ist ja ganz schief, und da, ihr Arm!" Sie fasste

Annes' Arm mit zwei Fingern an, ihren kleinen Finger ließ sie abstehen und mit deutlich angewidertem Blick verzog sie ihr Gesicht. „Der ist ja ganz rot, so wie ein Krebs in kochend heißem Wasser!" Die andere bemerkte lapidar und ohne erkennbare Emotion: „Mit so einem Mund und dem krebsroten Arm findest du nie einen Typen! Und deinen Sebastian kannst du auch vergessen, der sucht sich bald was Besseres." „Ja", bestätigte Doris, „was will er schon mit so einer wie dir" setzte sie obendrauf, stach in die Wunde ihrer Seele, trieb ihr das bisschen Selbstvertrauen über den Pausenhof zum Tor hinaus, direkt zum Teufel, gerade so, als hätte ihre Seele nicht schon genug Schaden genommen, von ihrem Körper ganz zu schweigen. Die beiden zogen, nachdem sie ihr Gift versprüht hatten, wieder ab und riefen noch: „Geh mal zum Arzt, Kleine, du siehst gar nicht gut aus!" gackerten sie und lachten schrill über ihre eigenen Scherze.

Die Freundinnen:

Ramona und Silke schwiegen, sahen betreten zu Boden und anderswo sonst hin, vermieden es, Anne in die Augen zu sehen. „Die können mich mal." Annes kläglicher Gegenangriff ging unter in Mitleidsreden der beiden Freundinnen und „... mach' dir nichts draus", „so schlimm sieht dein Mund gar nicht aus"-Beschwichtigungsversuche, die Anne nicht halfen. Sie schluckte ihren Ärger und die in ihr aufkeimenden Tränen herunter, Tränen der Wut, Tränen der Trauer, Tränen der Erkenntnis darüber wie allein sie gerade war. Gleich nach der letzten Stunde verließ sie die Schule so schnell sie konnte, keines der Mädchen sollte sie ansprechen, gar aufhalten und schon gar keine sie aufmuntern wollen.

Zukunftsträume:

Ihr Weg dauerte fast neunzig Minuten und führte Anne an einen Ort, an welchem sie Trost fand, an welchem sie Hoffnung schöpfte. Dieser Ort war das Möbelhaus Kesselbaum. Anne hatte sich während der Fahrt bereits wieder beruhigt und ihren Freundinnen insgeheim verziehen. Sätze wie „ist ja gar nicht so schlimm" sind nicht sehr tröstlich, es ist schlimm genug so offensichtlich wie eine Aussätzige behandelt zu werden. Sie war sich nicht immer sicher, ob Sebastian mit ihr die richtige Wahl getroffen hatte. Anne war erst siebzehn, Sebastian achtzehn Jahre, also noch Zeit genug, seine Meinung zu ändern. Möglicherweise würde er es irgendwann bereuen und eine perfekt aussehende, ohne Makel behaftete Frau finden. Ramona und Silke wussten nicht, konnten nicht wissen, wie es war mit solch einem Handicap herumzulaufen, überall anzuecken, wie demütigend es war, von so manchem seitlich mit scheelem Blick angeschaut zu werden und, sobald sie es mit einem ehrlichen Gegenblick versucht, ganz schnell weggesehen wird. „Alle Mädchen schminken sich, ziehen tolle Klamotten an! Immer meckerst du mit mir" warf sie ihrer Mutter vor. Diese hatte sie ermahnt, nicht so viel Geld für Schminksachen auszugeben. Dabei hatte sie nur etwas Rouge und farbigen Lipgloss gekauft. Sie benutzte ansonsten etwas Lidschatten und Mascara. Das war alles. Sie fand, dass sie geschminkt hübscher aussah, obwohl … „Ach, ich sehe wirklich hässlich aus. Mein Mund ist schief, die Haut verzogen", beschimpft sie ihr

Spiegelbild. „Seit dem Unfall bin ich ein hässlicher Mensch geworden." Aber vor allem warf sie dies ihrer Mutter vor. „Du bist schuld!" Ihre Mutter war der Grund dafür, dass sie so aussah. „Hättest du diesen Idioten früher verlassen, wäre das alles nicht passiert", dann hätte sich Anne nicht zwischen ihre Eltern geworfen, dann, ja dann wäre alles ganz toll, nicht wahr? Sie schob den Gedanken schnell beiseite, wollte nicht so denken.

Im Möbelhaus war sie wieder ruhig und froh und ganz sie selbst. Sie lief alle Etagen ab, insgesamt vier, begonnen vom Erdgeschoss, wo es Lampen, Bilder und so Allerlei Haushaltswaren gab einschließlich einiger Musterküchen. Im ersten Stock waren die Sitzgarnituren, Wohnzimmertische und Schränke. Oben, in der zweiten Etage waren die Schlafzimmer und ganz oben verschiedene Kleinmöbel. Während ihres Aufenthaltes dort träumte sie von der eigenen Wohnung, machte sich ein Bild von ihrem künftigen Wohnzimmer und wie sie einen Platz für sich selbst einrichten würde, einen Platz zum Malen. Sogar ein Bett hatte sie ausgesucht, 160 cm breit, für zwei Personen. Ihr Traum könnte wahr werden, denn ihre Tante Flora hatte einmal angedeutet, dass sie ihr mit etwas Möbelgeld helfen würde, wenn es soweit wäre. Ein Lächeln umspielte Annes' Lippen und ihre blauen Augen strahlten wieder. ‚Ein schöner Traum' seufzte sie.

Tante Flora:

Anne kam spät nach Hause, fürchtete Ärger. Zum Glück war ihre Tante zu Besuch. Als ihre Mutter stirnrunzelnd auf Anne losgehen und sie zur Rede stellen wollte, bremste die Tante sie, indem sie Anne mit einer herzlichen Umarmung begrüßte: „Hallo Anne, schön, dass du endlich da bist, wir haben schon auf dich gewartet." Sie schaute während des Sprechens und Umarmens von der Seite vielsagend auf ihre Schwester, und diese hielt inne, stoppte ihren aufkommenden Wortschwall. Anne war sehr froh darüber. Der Besuch im Möbelhaus hatte einen dicken Kloß im Hals gelöst, ihr gutgetan nach dem Schulhoferlebnis.

Tante Flora kam öfter zu Besuch, sah nach ihrer Nichte und, wie sich heute wieder mal herausstellte, kam sie immer im richtigen Moment, stets dann, wenn Anne ihrer Hilfe bedurfte. Sie war die zehn Jahre jüngere Schwester ihrer Mutter und eine wahre Frohnatur. Seit vielen Jahren besaß Tante Flora eine kleine Galerie, die gut ging und stand mitten im Leben. ‚Außerdem ist sie das genaue Gegenteil von Mutter', dachte Anne. „Schau mal, Anne. Ich habe dir ein paar Farben mitgebracht. Wie ich dich kenne, kannst du die gut gebrauchen, nicht wahr?" „Na klar, Tante Flora. Die letzten Farben, die du mir brachtest, habe ich längst aufgebraucht." Zur Mutter zugewandt: „Darf ich mit Tante Flora in der Küche sitzen bleiben?" Anne wollte Rat von der Tante. Mit einem „Na gut, wenn es sein muss", jedoch ohne Einwände verließ die Mutter die Küche und sah im Wohnzimmer fern.

Tante Flora wurde ernst. Sie sah tief in Annes' Augen, so, als wolle sie die Frage, die sie an sie hatte, darin lesen. „Ich weiß nicht weiter, Tante. Mutter nervt, dauernd kontrolliert sie mich, aber sie fragt nicht, was ich will." Tante Flora lächelte sie an: „Du brauchst eine

Ausbildung, Kind. Es wird Zeit, dass du flügge wirst. Mütter lassen nie locker, du bleibst immer ihr Baby, irgendwie. Sie macht sich Sorgen, was aus dir wird. Es ist nicht einfach für sie, glaube mal nur." Anne war klar, dass sie das sagen musste. „Aber sie sieht nie meine Bilder, nie, wie ich mein Zimmer aufräume. Sie unterstellt mir dauernd, dass ich nicht aufräume! Das macht mich total sauer!" Die Tante folgte ihrem Plan, den sie für Anne längst parat hatte und entgegnete: „Wir müssen nun endlich eine Lehrstelle für dich finden, Anne." Sie beobachte Anne schon seit langem und war sich im Klaren, dass eine Veränderung unumgänglich war, besonders, da Anne mit ihren siebzehn Jahren doch schon recht gut wusste, was sie wollte. Sie wusste, dass Anne ein eigenes Heim, dass sie mit Sebastian zusammenziehen wollte. „Schau mal, Anne. Es macht nicht viel Sinn, hier auszuharren und über deine Mutter zu klagen. Wenn du etwas willst, musst du den ersten Schritt tun." „Wenn ich doch eine Lehrstelle bekäme, Tante. Ich glaube kaum, dass das möglich ist. Schau doch", sie deutete mit dem Zeigefinger auf ihren Mund, „ich kann nicht mal richtig reden. Für mich gibt es keine Stellen, gar eine Lehrstelle. Ich werde nur Ablehnungen kassieren. Und sowieso, mich kann ja doch keiner leiden." Diesen Rückzug ließ die Tante nicht gelten. Sie riet ihr, eine psychosoziale Beratungsstelle aufzusuchen. „So etwas gibt es in deiner Nähe, ich habe mich mal schlau gemacht" fuhr sie begeisternd fort und legte ein Stück Papier auf den Tisch, das sie in ihrer Handtasche bereitgelegt hatte. „Hier ist die Adresse, Merianstraße 4. Das ist gleich um die Ecke. Hast du sie noch nie gesehen?" Anne verneinte. Tatsächlich hatte sie das Türschild dort schon einmal gesehen, traute sich nicht hinein. Tante Flora fuhr fort: „Ich war mal dort und habe nachgefragt, ob es möglich wäre, dass sie dich beraten würden. Sie meinten, es gäbe Lehrstellen wie Zierpflanzengärtner oder ähnliches mit Pflanzen. Du gestaltest doch gerne. Pflanzen sind doch etwas Schönes und du hättest auf jeden Fall einen Beruf. Später kannst du dann deinen eigenen Garten herrichten. Probier's doch mal. Was kann schon schiefgehen?" Anne sah auf den Zettel und las laut: „Psychosoziale Beratungsstelle, Merianstraße 4. Ja, aber wie..." „Du kannst dort jederzeit vorbeigehen. Sie bieten auch an, dort zu frühstücken oder nachmittags, was ja zeitlich günstiger wäre, einfach mal Kaffee zu trinken und zu plaudern, damit du die Leute kennenlernst. Also, ganz locker und ohne Stress." Anne war nun doch überzeugt und sagte zu, sich „das gleich morgen Nachmittag mal anzusehen. Einfach mal so" meinte sie allerdings und dachte, dass eine Lehrstelle, ganz gleich welche, ‚einfach toll wäre'. Sie strahlte ihre geliebte Tante Flora an.

Wie alles geschah:

Doch in der kommenden Nacht warf sie sich in ihrem Bett, wieder, hin und her. Immer wieder träumt Anne den gleichen Alptraum. Allnächtlich erlebt sie jenen Tag, jenen Abend, der ihr Leben veränderte. Ihr Vater kam betrunken nach Hause, ihre Mutter kochte das Abendessen. Er trank seit er seine Arbeit verloren hatte wegen eines Diebstahlverdachts auf der Baustelle, auf der er damals beschäftigt war und fand nur noch stunden- oder tageweise Arbeit auf den Baustellen. Auch hatte er, er kam von Polen, nie richtig Deutsch sprechen gelernt und sprach gebrochen. Annes Mutter, Deutsche, arbeitete als Krankenschwester im Städtischen Krankenhaus Schichtdienst, was bedeutete, dass sie in einer Woche sehr früh, in der anderen Woche spät nach Hause kam. Die Eltern stritten häufig. An diesem Abend schrien sie sich an, die Situation eskalierte, ihr Vater schlug zu, wie so oft. Anne, die jedes Mal, wenn es passierte, Angst um ihre Mutter hatte, aber auch um sich selbst und ihren kleineren Bruder, stand mit weit geöffneten Augen hinter ihrer Mutter. Die Wut des Vaters auf die Mutter wurde immer größer, Anne hätte sich am liebsten zwischen die beiden geworfen, als der Vater einen Topf heißen Öles, das gerade zu sieden begonnen hatte und das die Mutter vorbereitet hatte, um das Lieblingsessen der Kinder, Pommes Frites mit Würstchen, zuzubereiten, nahm und mit den Worten „du faule deutsche Schlampe, koch endlich, ich habe Hunger!" über die Mutter gießen wollte. In diesem Moment warf sich Anne vor ihre Mutter: „Nein, nein Papa, tu das nicht, nicht der Mama wehtun!" Sie stand nun vor ihrer Mutter, diese duckte sich intuitiv, und reflexartig packte sie Anne am Arm und nahm sie mit, so dass Anne über ihrer Mutter lag und das Öl über Annes zierliche Gestalt lief. Anne war zwölf Jahre alt. Auch die Mutter hatte etwas abbekommen, das meiste Öl jedoch ergoss sich über Annes' linke Körperhälfte, über Gesicht, Arm, Bauch und Bein.

Danach ging alles ganz schnell. Die Mutter ging damals mit dem Fünfjährigen ins Frauenhaus. Anne lag im Krankenhaus, musste eine Operation nach der anderen über sich ergehen lassen. Die Mutter ließ sich nach dreizehn

Jahren Ehe scheiden und der Vater verschwand erst mal im Gefängnis wegen eines anderen Deliktes, welches, wusste Anne nicht. Ihre Mutter hatte nie darüber gesprochen. Als er rauskam, versuchte er wieder Kontakt zur Familie aufzunehmen, jedoch blieb die Mutter standhaft und er verschwand zum Glück auf Nimmerwiedersehen. Alle atmeten auf damals.

Annes' Wollen:

Annes' Wollen entstand, so paradox es klingen mag, im Krankenhaus. Die großflächigen Verbrennungen dritten Grades erforderten viele Operationen. Das Gesicht war hälftig entstellt, ihr Augenlicht zum Glück nicht betroffen. Sie hatte viel Zeit zwischen den Operationen, oft allein, erträumte sie sich ein besseres, ein selbstbestimmtes Leben, ganz verträumt eines, das sie zur Prinzessin machte, sie sah darin gesund und sehr hübsch aus, ganz ohne Narben, dann wieder pragmatisch und lebensnah eines, welches es ihr ermöglichte, stark und frei zu sein. Sie würde gerne mal heiraten und Kinder haben. Und sie stellte sich ihr eigenes Zuhause vor, wie sie es einrichten und gestalten würde und vor allem wünschte sie sich einen Beruf. Sie wollte mal arbeiten, ihr eigenes Geld haben.

Die Ärzte stellten fest, dass Anne eine körperliche Behinderung behalten würde. „Der Mund wird nicht mehr im Ganzen herstellbar sein, das bedeutet, dass Ihre Tochter nicht deutlich sprechen können wird" erklärten die Ärzte ihrer entsetzten Mutter damals. „Auch die Haut des linken Armes wird an dieser Stelle" die Ärztin zeigte auf den oberen Teil von Annes' Unterarm,

„rötlich bleiben, es sei denn, man würde in weiteren Operationen Haut transplantieren, diese müsste man dann aber von der Innenseite des Oberschenkels entnehmen, was wiederum neue Narben bedeuten würde. Der Arm wird weiterhin Narben behalten, die mitwachsen werden. Anne wächst mit zwölf Jahren erwartungsgemäß nicht mehr so viel, somit steht nicht zu befürchten, diese mit Folgeoperationen korrigieren zu müssen." Die Ärzte legten ihrer Mutter ans Herz, Anne auf ein Leben mit dieser Behinderung vorzubereiten und einen Psychologen hinzuzuziehen, damit Anne ihre Verletzungen und das traumatische Erlebnis verarbeiten könne. Leider nahm ihre Mutter diesen nicht in Anspruch. Sie war wohl sehr mit ihrer eigenen Aufarbeitung beschäftigt und musste für sich und ihre Kinder ein neues Leben aufbauen. Anne wurde psychisch krank. Ihre Depressionen und Angstzustände wurden erkennbar, verstärkten sich im Alter von fünfzehn, wurden unübersehbar, auch für Annes' Mutter. Ihre schulischen Leistungen ließen erheblich nach. Es war Anne nicht mehr möglich, sich länger als ein paar Minuten auf eine Aufgabe zu konzentrieren, sie schlief schlecht, schrie jede Nacht. Anne bekam von ihrem Psychiater Dr. Schütte starke Antidepressiva. Der Schulpsychologe machte ihrer Mutter klar, dass Annes' berufliche Zukunft in den Sternen stand, sollte ihr Zustand nicht durch eine verhaltens-therapeutische Maßnahme korrigiert werden. Erschwerend für eine Berufswahl sei aber auch der entstellte Mund, der es Anne unmöglich machte, fließend zu sprechen. Ihre Kommunikationsmöglichkeiten waren eingeschränkt, ihre Worte waren schwer verständlich, Telefonieren kaum möglich.

Die Lösung:

Sie ging am Nachmittag, wie mit Tante Flora besprochen, zur Beratungsstelle und nahm sich fest vor, sich zu nichts überreden zu lassen, ‚nur einfach mal kucken'. Gleich, als sie zur Türe hereinkam, sah sie eine Frau auf einer beigefarbenen Couch sitzen, ein Mann saß auf einem hellgrünen Sessel vor einem kleinen Kiefernholztisch und las Zeitung. Im hinteren Teil des Raumes war eine Theke, von dort roch es nach Kaffee, darauf stand ein Teller mit Apfelkuchen. „Hallo! Ich bin Anne. Ist der Kuchen selbst gebacken?" Sie unterhielt sich mit der Frau, die Gaby hieß und hier Sozialarbeiterin war, fast eine Stunde lang. Gaby hatte ihr einiges zu raten, und der Vorschlag der Tante, eine Ausbildung als Zierpflanzengärtnerin machen zu dürfen, stellte sich durchaus realistisch dar. Gaby brachte Anne ein Formular. „Das füllst du bitte aus und bringst es das nächste Mal, wenn du kommst, vorbei. Jemand wird es mir geben. Danach prüfe ich die Angaben und wir machen einen Termin mit einer Gärtnerei. Vorher müssten wir allerdings im Jobcenter vorbei. Dort musst du dich vorstellen und wir brauchen von dort die Bewilligung zur Finanzierung der Ausbildung. Das wird aber kein Problem sein, Anne." Anne war einverstanden, füllte den Bogen am selben Abend aus und gab ihn am nächsten Tag ab. Einfach waren die Fragen darin allerdings nicht. Sie musste ihre gesamte Lebensgeschichte erzählen und alle möglichen Details über ihre Krankheit und, was am schwierigsten war, einiges über ihre Familie eintragen. Als sie den Antrag abgegeben hatte, fiel ihr wahrlich ein Stein vom Herzen. Die Warterei war dann wieder nicht so einfach, es dauerte einige Zeit bis Gaby bei ihr anrief und sie den Termin mit dem Jobcenter machen konnten

„So, das kann jetzt etwas dauern. Ich habe hier die Adresse einer Gärtnerei für dich. Da kannst du einen Termin machen, wenn du willst und hingehen. Ich empfehle dir allerdings, dass wir zusammen gehen. In diesem Fall würde ich den Termin für dich ausmachen. Das kannst du jetzt selbst entscheiden." Anne wollte gerne allein gehen. Die Bewerbung musste noch schriftlich verfasst und vorher hingeschickt werden. Anne erledigte das binnen einiger Tage. Nun dauerte es nicht mehr lange und der Antrag auf Bewilligung ihrer Ausbildung wurde positiv beschieden. Anne war begeistert und Gaby durfte sie nun doch beim Bewerbungsgespräch zu begleiten. Am nächsten Tag schon meldete sich Gaby: „Wir können nächsten Montag um vierzehn Uhr zum Vorstellungstermin kommen!" Anne plumpste vor Aufregung das Herz fast in die Hosen. „Super! Vielen Dank und bis dahin, Gaby!"

Annes' Spur

Sie trafen sich in der Beratungsstelle und gingen von dort zur Gärtnerei. „Ein Herr Miese hat uns eingeladen. Lass dir von seinem Namen nicht die Laune verderben" scherzte Gaby. Anne war ziemlich aufgeregt. Keine Spur von Depression, aber große Angst, es könnte etwas schiefgehen. Ein Mann von ziemlich großer Statur zerdrückte Anne bei der Begrüßung fast die Hand und nach einigem Hin und Her meinte er: „Meinen Sie denn, dass Sie einen ganzen Tag durchhalten, so zart wie Sie sind...?" Mit dieser Suggestivfrage im Raum musterte er Anne zusätzlich von oben bis unten. Doch Anne ließ sich nicht kleiner machen, als sie tatsächlich war. Sie überzeugte ihn, das sie sich das sehr wohl, zutraue und antwortete mit den Worten: „Herr Miese, wenn ich bis heute zehn Operationen überstanden habe und mich trotz allem auf den Weg mache, um mich hier bei Ihnen vorzustellen, dann weiß ich, dass ich das will und auch kann." Erfreut über so viel Selbstbewusstsein, reichte ihr Herr Miese die Hand zum Abschied, welche Anne angesichts seiner Kräfte mit leichtem Zögern annahm, unterdrückte ein „Autsch" und hatte eine Zusage so gut wie in der Tasche.

Happy End:

„Wir müssen eine Party schmeißen" schlug Sebastian vor. „Wie wäre es, wenn wir Doris und ihre komische Freundin einladen würden, damit sie vor Neid platzen, wenn sie sehen, wie toll bei dir alles läuft." „Keine schlechte Idee, Sebastian." Anne tat's. Sie feierten, die beiden kamen. Noch dazu hatte sie zwischenzeitlich die Zusage für ihren Ausbildungsplatz bekommen. Gerade zur rechten Zeit, denn das Schuljahr neigte sich dem Ende zu. Die Party startete im Garten von Sebastians Elternhaus. Die Blicke der beiden Mädels waren „irgendwie anders als sonst. Die zicken ja kaum" bemerkte Anne. „Ja, Anne, die haben dir auch nicht allzu viel zugetraut." Ihrer Mutter Worte waren das, die Anne da hörte. „Ich bin stolz auf dich, Anne und wünsche dir, dass alle deine Träume sich erfüllen lassen." Das klang wie Balsam in Annes Ohren und umarmte ihre Mutter. Sebastian kam und küsste sie, Anne schielte dabei mit einem Auge auf ihre Tante, die hinter Sebastian stand und die ihre Nichte mit breitem Grinsen anstrahlte.

Ernestine Holms ist das Pseudonym der 1956 in Frankfurt am Main geborenen Diplom-Pädagogin und Germanistin. Mit 54 Jahren veröffentlichte sie ihr erstes Buch über Books-on-Demand, einen Erzählband mit dreizehn merk-würdigen Geschichten. Ihre Erzählungen sind unterhaltsam, humor- und gehaltvoll, der rote Faden wichtiger gesellschaftspolitischer Themen zieht sich durch ihr Buch, welches leicht und unkompliziert verfasst ist. Aktuell lebt und arbeitet sie im Nordhessischen.